米佳的爱情

〔俄〕伊凡·亚历克塞维奇·蒲宁 著／戴骢 译

云南出版集团
云南美术出版社

果麦文化 出品

米佳的爱情

Митина любовь

我难以想象爱情可以缺少妒忌。
依我看，
没有妒忌就没有爱。

一

米佳在莫斯科的幸福日子到3月9日就戛然而止了。至少他是这么认为的。

那天中午十一点钟,他同卡佳双双顺着特维尔街心花园朝街口走去。冬天突然让位给了春天。阳光下已颇有几分暖意,似乎云雀真的已经北归,带回了温煦和欢乐。到处湿漉漉的,哪儿的冰雪都在融化,屋檐全在滴着雪水,扫院子的纷纷把人行道上的冰铲掉,把屋顶上黏结成块的积雪扫下来,到处熙熙攘攘,一派生气。高高的浮云化作轻盈的乳白色烟霭,消融在湿润的碧空中。远处矗立着做沉思状的普希金铜像,气度平和恬静,而那座耶稣蒙难修道院则熠熠生辉。然而所有这一切都无法与卡佳媲美。这天她特别可爱，一副天真烂漫、小鸟依人的样子，不时以一种充满稚气的信赖挽住他的手臂，仰望着他的脸，他幸福得几乎有点得意忘形，步子迈得那么大，使得她好不容易才跟上他。

快要走到普希金铜像跟前时，她突然说：

"你咧开大嘴笑的时候，像乳臭未干的娃娃那么腼腆，真逗人。你可别见怪，我正是因为这种笑容才爱上你的。再就是因为你这双拜占庭式的眼睛……"

这番话使米佳既暗暗感到高兴又有点委屈，但他竭力不让这种心情流露出来，同时竭力不再咧开嘴笑。此刻普希金铜像已高耸在他俩面前，米佳一边望着纪念像，一边亲昵地回答说：

"在乳臭未干这一点上，依我看来，咱俩的差距不见得太大。至于说我像拜占庭人，那么这种相像的程度，就跟你像中国的皇太后一样。你们这些人呀，都叫拜占庭、文艺复兴闹得中了邪……我不懂你母亲是怎么当母亲的！"

"怎么,换了你就要把我锁在闺房里?"卡佳问道。

"何必费事锁在闺房里呢,换了我干脆就不许所有这些个风流戏子和艺术学院、音乐学院、戏剧学院未来的明星踏进门槛一步,"米佳回答说,仍然竭力使自己的口气显得平心静气、亲昵随便,"不是你自己告诉我的吗,布科维茨基已经约你去斯特列尔娜酒吧间吃晚饭,而叶戈罗夫已建议给你塑裸体雕像,把你塑成一个行将永逝的海浪的模样。给你这么大的荣誉,不消说,你乐得心花都开了。"

"哪怕为了你,我也决不会放弃艺术,决不会,"卡佳说,"也许我是个坏女人,就像你常常讲我的那样。"她说道,其实米佳从来没有这么讲过她。"也许我是个堕落的女人,但是有什么办法呢,我不会做假,你只好将就点儿了。好啦,咱俩别拌嘴啦,你也别拈酸吃醋啦,至少是这会儿,在这么个春光明媚的日子里!你怎么到现在还不明白,对我来说,不管怎么样,你终究比别人要好些,是我唯一的心上人,懂吗?"她压低声音执拗地问道，然后装出一副温情脉脉的媚态凝视着他的眼睛，若有所思地、慢悠悠地朗诵道：

> 我俩已偷偷地海誓山盟，
> 心与心早就把戒指馈赠……

她最后那句话和这两句诗着实刺痛了米佳。总的来说，即使像在今天这样两情融洽的日子里，也有许多事叫他不快和痛苦。譬如关于乳臭未干的娃娃这句玩笑话就使他不快，因为类似的玩笑话他已经不是第一次听卡佳讲了，况且卡佳并不是信口讲讲的。卡佳常常在某些方面表现出比他老练，常常（并非故意地，也就是说，是自然而然地）流露出自己要比他在行得多，于是他便痛苦地认为这说明她在风流韵事方面已颇有阅历。叫他不快的还有那句"不管怎么样"（"对我来说，不管怎么样，你终究比别人要好些。"），而且讲的时候不知为什么把声音压得那么低，尤其使他不快的是那两句诗以及她朗诵时的矫揉造作的腔调,正是这两者最易使他想起把卡佳从他身边夺走的那个戏剧界,换了平时,他一定妒火中烧,恨得牙痒痒的,然而在3月9日这幸福的一天里,他比平日要大度些。后来,他曾一再回味这一天,认为这是他在莫斯科的最后一个幸福的日子。

这天卡佳在库兹涅茨桥的齐麦尔曼公司买了几本斯克里亚宾[1]的乐谱,归途中她随口谈起了米佳的母亲,吃吃地笑着说:

"虽说还没到那一天,可你想象不出我有多怕她!"

他俩自相爱以来,不知什么缘故,一次也没有议论过他们的未来,一次也没有谈起过他们的爱情将会有怎样的归宿。可是突然,卡佳提起了他母亲,那口气仿佛已不言而喻:米佳的妈妈是她未来的婆婆。

---

[1] 亚历山大·尼古拉耶维奇·斯克里亚宾(1871—1915),俄国著名作曲家和钢琴家。

二

这天以后,一切似乎仍跟过去一样。米佳照旧陪伴卡佳去艺术剧院附设的戏剧学校,去出席音乐会、文学晚会,要不就在基斯洛夫卡街她家里一直待到凌晨两点,充分享用她母亲给她的令人诧异的自由。她母亲长着一头深红色头发,终日叼着烟卷,搽着胭脂,是个慈祥、亲切的妇人(她早已同她丈夫分居,那人已另建家庭)。卡佳自己也时常跑到莫尔恰诺夫卡大学生的寄宿公寓里去找米佳。他们的幽会仍跟过去一样,几乎没有一刻不是在如痴似狂的亲吻中度过的。然而米佳却固执地感觉到某种可怕的事已始料不及地发生了,也就是说卡佳身上出现了某种变化,她变了。

最初那段他终生难忘的轻松日子转瞬之间就流逝了，当时他俩邂逅，相识没有几天就觉得世上最大的乐事莫过于同对方交谈（哪怕从早谈到晚），米佳怎么也没料到竟会这么快就进入他从童年时代和少年时代起便偷偷企盼着的那种神话般的爱情世界。这都是12月里的事——那是个天寒地冻的月份，虽未刮风下雪，可是莫斯科没一天不是浓霜遍地，太阳像一个没有光泽的红球悬在空中。及至一月份和二月份，幸福似乎已经兑现，至少眼看就要兑现了，卷起了一股幸福的旋风，昼夜呼啸，刮得米佳的爱情扶摇直上。但即使在那时也已经有某种东西开始侵扰和毒化这幸福（而且越来越频繁）。即使在那时，他也已经时常感到存在着两个卡佳，一个是他一见倾心、执着地眷恋着、须臾也分不开的卡佳，另一个则是平平常常、本来面目的卡佳，与前一个相距万里，这使他深感苦恼。不过他当初纵有苦恼，跟今天的苦况仍是截然不同的。

　　要找些理由来解释总归是找得到的。开春了，女人有许多事要忙，选购衣料，定做春装，没完没了地改做这身或那身衣裳，而且卡佳也的确三天两头儿随母亲去裁缝那里；此外，她就读的那家私立戏剧学校不久就要考试。因此她人面不照，即使照面也心不在焉，是完全在情理之中的。米佳也时时刻刻以此来宽慰自己。但是这种宽慰无济于事——他那颗多疑的心在跟他唱对台戏，以更强的说服力证实了一件越来越明显的事：卡佳内心正对他日益疏远。于是他的猜疑和嫉妒也就随之而日益加剧。戏剧学校的那个校长以数不尽的甜言蜜语赞美卡佳，捧得她飘飘然。她忍不住把这些赞美的言辞告诉给米佳听。校长跟她说："你是我们学校的骄傲。"（那人对所有的女生都是以"你"相称的。）而且除了上大课外，自大斋节起他还单独向她授课，据说是为了使她在考试时能取得优异的成绩。然而这个校长，大家都知道，是个玩弄女生的淫棍，每年夏天都要携带一名女生去高加索，或者出国去芬兰避暑。因此米佳立刻认定这回校长在打卡佳的主意了，虽说这事不能怪卡佳，但是她十之八九已经觉察，已经心领神会，因此实际上已经等于同那人有了罪恶的淫乱关系。再加上米佳已看得十分清楚，卡佳对他的情意正在淡薄下去，于是这个想法就更加使他心如刀割。

总之，他觉得有什么东西在诱惑着卡佳，唆使她将他背弃。他一想到那个校长心里就烦躁。不过话要讲回来，校长也算不了什么！米佳觉得，在卡佳身上，总的来说，还有其他需要、其他兴趣已开始胜过对他的爱。至于是对谁，对什么的兴趣？米佳不知道，反正他在所有的事上，因所有的人而对卡佳生疑，吃醋。而最使他妒火中烧的则是他认为卡佳偷偷背着他迷恋上的那一切。他觉得卡佳正被人拽着离他而去，而且十之八九是去做那桩他连想想都觉得可怕的事。

有一回，卡佳当着母亲的面，半开玩笑地对他说：

"您呀，米佳，总是用《治家格言》[1]的观点来看待女人。所以您将成为一个不折不扣的奥赛罗[2]。真这样的话，

---

[1] 《治家格言》是16世纪俄国一部有关怎样治家的道德、生活和处世原则的教言集。规定整个家庭生活要建立在家长制的基础上。丈夫作为一家之主，妻子应绝对服从。
[2] 奥赛罗是莎士比亚同名剧的主人公，性好嫉妒，以致杀死了妻子。

我说什么也不会爱您,更别说嫁给您了!"

母亲持异议说:"我难以想象爱情可以缺少妒忌。依我看,没有妒忌就没有爱。"

"不,妈妈,"卡佳说,她素来喜欢拾人牙慧,这回也是,"妒忌这是对所爱的人的不信任。如果不信任我,就别爱我。"她说道,眼睛故意不看米佳。

"可依我看,"母亲反驳说,"妒忌就是爱情。连有本书上也是这么讲的,我看到过。那本书对这一点阐述得非常透辟,甚至还举了《圣经》上的例子,说上帝本人就是嫉妒者和报复者……"

至于说米佳的爱情,那么现在几乎完完全全表现为妒忌了。而且,这种妒忌他自己也觉得非同寻常,绝非一般的吃吃醋。他同卡佳虽说还没有跨越男女间那道最后的界限,但是只要他俩单独在一起的时候,除了那一点之外,已无所不至。而且现在,每逢这种时候,卡佳的情火往往比过去还要炽烈。可现在连这种炽烈的情火在他看来也是可疑的,有时还会激起一种不寒而栗的可怕感觉。构成他的妒忌的全部感觉都是可怕的，而其中最可怕的那种感觉他怎么也找不到词汇来加以形容，他甚至都闹不清这是种什么样的感觉。每当他俩，米佳与卡佳，百般恩爱的时候，情欲的流露本来是那么愉快，那么甜蜜，看来世上再也没有比这更崇高、更美好的了，可是此时米佳只消一想到卡佳和另一个男人未始没有这样做过，就会立刻觉得这种恩爱不但丑恶得难以言说，而且是违背人性的。这就是那种最可怕的感觉。这时卡佳就会激起他强烈的憎恶感。他自己拉着卡佳避开人们所做的一切，他认为都是纯洁无邪的，似天堂一般美妙。可是只要他开始想象另一个人取他而代之，那么眼前种种旖旎风光，顷刻之间就会黯然失色，变作某种恬不知耻的东西，使他恨不得要把卡佳掐死，而且，首先是掐死她，而不是想象中的那个情敌。

三

卡佳应试的日子到了（在大斋节的第六个礼拜），安排这次考试仿佛是特意为了证实米佳这种揪心的妒忌并非捕风捉影。

在考试时，卡佳连正眼都不瞅米佳一眼，完全把他撂在一旁不管，她已不再属于他，变成了一个招蜂引蝶，向所有男子献媚求悦的人。

她取得了巨大的成功。她浑身上下穿着雪白的衣服，就像是个新娘，她的激动使她益发显得迷人。大家热烈地向她鼓掌，而那个校长，一个自命不凡的演员，有一双冷漠、忧郁的眼睛，坐在第一排上，仅仅为了炫耀自己的身份，时不时向她做着提示，虽说讲得并不响，可是却能让全场的人都听得见。他的声音叫人受不了。

"少点儿台词腔。"他旁若无人地、有力地、不容分说地讲道，仿佛卡佳完全是他的私有物。"别做戏，而要体验感情。"他一字一顿地说。

这话也叫人受不了。叫人受不了的还有卡佳的朗诵本身，尽管人们对她的朗诵不时报以掌声。卡佳的脸上燃烧着灼热的红晕和羞涩，有时嗓子走音，呼吸急促，这反而增添了她的妩媚和魅力，其实她的朗诵做作得很，那种唱歌般的腔调十分鄙俗，每个声音里边都包含着愚蠢，然而在米佳所憎恨的戏剧界却认为这正是朗诵艺术的最高境界。这个戏剧界虽为米佳所不齿，却为卡佳所崇拜，她沉溺其间，不思自拔。她哪里是在朗诵，而是在叫春，自始至终做出一副慵倦的、难以排遣的怀春之态。那种丝毫也没有必要的祈求的神情，急迫得过了分。这使米佳为她臊得不知把眼睛往哪里望好。世上最可怕的莫过于天使般的纯洁同风骚的混合。而她整个人，她那堆满红晕的小脸蛋，她那袭白色的连衫裙（这身裙子在舞台上嫌短了点，因为池座中的人坐得比她低,都是仰起头来看她的),她那双白色的鞋子以及被白色的丝袜裹住的双腿,恰恰既似天使一般纯洁,又都流露出一股风骚轻佻的味道。"女郎在唱诗班里献唱圣歌。"[1]卡佳装腔作势地,用天真得过了头的声调朗诵着,诗中的那个女郎据说像天使一般贞洁。此时米佳的心情是复杂的:既分外强烈地感到他同卡佳关系的亲密(凡是恋人置身于人群中时对其所爱的人都会有这种感觉),又对她怀着敌意和仇恨。然而却又感到得意,因为意识到她毕竟是属于他的,可是同时又心痛如绞:不,她已经不再是属于他的了!

考试后,幸福的日子又回来了。可是米佳已不再像过去那么轻信这是幸福。卡佳回味着那次考试,说道:

"你真愚蠢!难道你没感觉到,我朗诵得那么好,仅仅是为了你一个人吗!"

可是米佳却无法忘记在卡佳应试那会儿他心中的滋

---

[1] 这是俄罗斯诗人亚历山大·亚历山大罗维奇·勃洛克(1880—1921)早期一首无题诗中的一句。

味,也无法违心地说如今已把这些滋味置于脑后。卡佳看出了他心里的想法,有一回发生口角的时候,她拉直嗓门责问他:

"我不明白,既然你认为我这么坏,为什么还要爱我!你究竟要我的什么呢?"

可是连他自己也不明白为什么要爱她,虽然他感觉到他的爱情不但没有减弱,相反随着妒忌的增长而增长着。由于她,由于他自己的爱情,由于爱情的绷得像弦一般紧的力量,由于爱情的越来越苛刻的要求,他终日陷于妒忌之中,与某个人、某件事搏斗着。

"你爱的只是我的肉体,而不是我的心灵!"有一回卡佳难过地说。

这又是某个人在戏里讲的话。这话尽管荒唐可笑,俗不可耐,可是却触及了那个他绞尽脑汁也解决不了的问题。他不知道为什么要爱她,也无法明确讲出究竟要她的什么……总的来说,爱情又表现为什么呢?米佳无论耳闻还是目睹都从未听到或看到过一个字能对爱情的含义做出确切解释的。无论是在书本上还是在生活中，好像存在着一种默契，要么谈的是那种几乎没有肌肤之亲的爱情，要么索性只谈所谓情欲和性感。可他的爱情既不同于前者也不同于后者。那么他从她身上体验到的是什么呢？是所谓的爱情还是所谓的情欲？当他解开卡佳的亵衣，吻着她天堂般美妙的、处子的胸脯，吻着她以一种震撼他心灵的顺从和天真无邪的贞洁不知羞涩地袒露出来的胸脯时，是什么使他几乎昏厥过去，是什么使他欢乐到濒于死亡，是卡佳的心灵还是肉体？

四

她的变化越来越大。

她所以会有这么大的变化,考试取得成功起了很大作用。然而除此之外,还有其他原因。

随着春回地暖,不知怎的,卡佳一下子变得像个出入交际场中的名媛,打扮得花枝招展,终日忙于交际酬酢,连坐都坐不定。每当她乘着马车前来会他(如今她出门乘马车了,不再步行),放下面纱,快步穿过走廊,绸裙发出窸窸窣窣的声音时,米佳总是不由得为他寓所的这条黑洞洞的走廊感到羞愧。如今她对他总是十分温柔,可也总是姗姗来迟,而且总是急着要走,说是又得同妈妈一块儿去找女裁缝。

"你理解吗，现在我们女人都拼命打扮！"她愉快地睁大亮得惊人的眼睛，讲道。她很清楚，米佳不会相信她的话，可还是这么说，因为如今他俩之间已根本没有什么话可讲了。

如今在米佳的寓所里，她几乎从来也不脱帽子，从来也不把手里的阳伞放下。她匆匆坐到米佳床上，用她那双被丝袜裹没的小腿肚去勾起米佳的种种情思。坐一会儿就急于要走了，临走之前，总是说今晚她不在家——又得陪妈妈去做客！——总是要故意挑逗米佳一番，以报答他那种她称之为"愚蠢的"痛苦：她装出一副诡秘的样子，先朝房门看一眼，然后从床上滑下来，微微晃动着大腿，贴近他双腿，匆匆地耳语说：

"嗯，亲我一下吧！"

五

到四月杪,米佳终于打定主意回乡下去,好让自己松口气。

他已把自己和卡佳折磨得痛苦不堪。这种情况之所以益发难以忍受,是因为似乎根本没有必要这么痛苦:并没有发生什么大不了的事嘛,卡佳哪点儿对不起他了?有一回,卡佳忍无可忍,斩钉截铁地对他说:

"够了,你走吧,走吧!我支持不下去啦!我们应当暂时分开,好冷静下来弄弄清楚我们的关系。瞧你瘦得落了形,弄得妈妈断定你害了肺痨病。我再也受不了啦!"

米佳回乡下去的事就这么定了下来。使米佳大为诧异的是,虽说分离在即,而且心头的痛楚依然如故,可是他却觉得自己几乎又成了个幸福的人。刚一决定要走,过去的一切又出乎意料地回来了。因为他毕竟还是不愿意相信害得他白天黑夜都心神不定的那类可怕的事已经发生。再说卡佳身上只消有一丝异样,就足以使他再次认为卡佳已经变心。至于卡佳呢,又回复到过去那样,对他百依百顺,热烈地爱着他,没有丝毫做假的成分(他那种嫉妒的本性敏感地、分毫不差地感觉到了这点),他又开始在她家待到凌晨两点,两人又情话绵绵,而且行期越近,越觉得要两地分离以"弄弄清楚关系"是毫无必要的,荒谬的。有一回卡佳甚至哭了——她是从来不哭的——这些泪水顿时使他觉得卡佳是他最亲的亲人,一股强烈的怜悯之情油然而生,他觉得对不起她。

卡佳的母亲六月初将去克里米亚度夏,并且要把卡佳也带走。他们约定在米斯霍尔见面。米佳到时也去米斯霍尔。

他开始做行前的准备,当他在莫斯科走来走去办事时,奇怪得很,总像喝醉酒似的昏昏沉沉,大凡手脚虽还轻捷,可实际上却已重病在身的人,往往有这种感觉。他感到一种病态的、醉态的不幸,而同时又感到一种病态的幸福,为卡佳对他又回复到过去那么亲密，又回复到过去那么体贴入微——她甚至陪他去买捆绑行李用的皮捆带，俨然像他的未婚妻或者妻子——总之，为一切几乎又回复到了过去他俩相爱之初的样子而感动不已。周遭的一切：房屋、街道、街上步行或乘车的过客、终日阴沉沉的春日的天气、尘土和雨水的气息、栅栏内和幽巷中正在开花的白杨散发出的那种好似教堂里的馨香，也都使他产生同样的感觉：既为离别而难过，又为夏天将在克里米亚重逢而感到甜蜜。在克里米亚什么也妨碍不了他了，一切都将如愿以偿（虽说他并不知道，这"一切"究竟是什么）。

临走那天，普罗塔索夫前来话别。在中学高年级学生中和大学生中往往可以碰见一些少年老成的小伙子，他们惯于用一种嘲讽的态度悲天悯人，他们的样子仿佛比世上任何人年纪都大，经验都丰富。普罗塔索夫就是这种人。他是米佳最亲密的朋友之一，是米佳唯一真正的挚友。尽管米佳素来沉默寡言，对其情史守口如瓶，可是普罗塔索夫却从他嘴里知道了他爱情的全部秘密。他看着米佳捆扎

箱子,发现米佳的手在颤抖,不由得忧郁地苦笑了一下,用一席聪明渊博的话开导米佳说:

"天哪,你们俩还完全是孩子!我的亲爱的坦波夫省的维特[1],凭这一切你就应当明白,卡佳首先是一个女性,一个最最典型的女性,对于这样的女性哪怕警察总监本人也是一无办法的。你,作为一个男性,竟丧失理智,对她生儿育女的本能提出一系列崇高的要求,当然啰,这是完全合乎规律的,甚至是神圣的。尼采先生说得有道理,你的肉体便是最高的理性,但是合乎规律的还有一点:在这条神圣的道路上,你很可能摔断脖子,遭致灭亡。在无理性的动物界,有些动物按照规律,要为它们一生中唯一的一次爱情行为付出生命。然而这种规律未必就一定会应到你头上,因此你就应当事事三思而行,好自珍摄。总之,凡事不要操之过急,不要仓促行动。'士官生施密特,真的,夏天会回来的!'[2]世

---

[1] 坦波夫,俄国省名,米佳的故乡。维特指德国文学家歌德所著《少年维特之烦恼》中的男主人公,因失恋而自杀。
[2] 引自库兹玛·普罗特科夫所著《士官生施密特》一诗。

界之大，何处没有芳草，并非除了卡佳就是绝路。可是从你拼死命捆扎箱子的样子来看，你是不会同意我的看法的，卡佳这条绝路你已爱之不舍，迷恋忘返了。得啦，原谅我提出了这样的忠告，使你不受用——愿圣徒尼古拉和他全体门徒保佑你！"

普罗塔索夫紧紧地握了握米佳的手，走了，米佳又动手捆铺盖卷。可这时透过朝院子的那扇洞开着的窗户，他听到住在对门的那个学声学的大学生（他天一亮就练唱歌，一直要练到天黑），先试了几声嗓音，随即引吭高歌起来——唱的是《阿斯拉族人》[1]。米佳顿觉心烦意乱，匆匆收紧皮捆带，

---

[1] 指俄国作曲家鲁宾斯坦（1829—1894）根据德国诗人海涅（1797—1856）的同名诗谱曲的一首浪漫曲。原诗为海涅《罗曼采罗》第一部中一个篇什，全诗如下：
每天薄暮时分，绝世佳人苏丹公主，
来到那比死亡还要惨白的，
泡沫飞溅的喷泉边徘徊踯躅。每天薄暮时分，
年轻的黑奴站在比死亡还要惨白的泡沫飞溅的泉边，
他的形容日渐憔悴。一天黄昏，公主近前
向他匆匆地问道："我要问你的名字，
你的家乡，你的种族！"
奴隶回道："我叫穆罕默德，
也门是我的故土，我的种族是那一旦堕入情网
就要丧命的阿斯拉族！"

马马虎虎把搭扣扣上,抓过帽子来,就去基斯洛夫卡街向卡佳的母亲辞行,可耳际却始终翻来覆去回荡着大学生唱的那支歌的旋律和歌词,以致两眼望出去,无论街景还是行人都看不清了,他的头更加晕晕乎乎,比他在莫斯科最后几天内的任何一天都晕乎得厉害。这时他真的大有濒临绝路之感,要知道士官生施密特正是在这种情况下决意开枪自杀的!但他转念一想,绝路就绝路,有什么大不了的,于是念头又回到了那支歌子上,想象着"绝世美人"苏丹公主怎样天天在花园内漫步,怎样天天在"比死亡还要惨白的"喷泉边碰见那个黑奴;想象着有一回她怎样启口问黑奴的名字、家乡和种族,而黑奴又是怎么回答她的。起初黑奴用一种凄切、质朴的口吻,不祥然而恭敬地说道:

我叫穆罕默德……

然后用一种悲喜交集的声音,好似恸哭一般地结束他的话说:

我的种族是那一旦堕入情网
就要丧命的阿斯拉族!

卡佳正在她的卧室里忙着打扮,换衣服,以便去车站送他。她从卧室里——从那间他在其中度过了多少难忘的时刻的卧室里!——温情地大声告诉他:第一遍铃响前她一定赶到车站。那位深红色头发的慈祥和蔼的妇人独坐在那里吸烟。她非常忧伤地望了他一眼,一切她大概早已知道,早已猜到了。他脸涨得通红,心颤抖着,吻了一下她皮肤细腻而又松弛的手,然后像儿子那样向她凑过脸去,而她呢,怀着一种母亲的深情,一连几次吻了他的颧颥,还画了个十字。

"唉,亲爱的,"她怯生生地微笑着,借用格利鲍耶陀夫[1]的话说道,"振作起来,欢笑吧!但愿基督保佑您,去吧,去吧……"

---

[1] 阿·格利鲍耶陀夫(1795—1829),俄国著名小说家,著有喜剧《聪明误》(一译《智慧的痛苦》)。

六

在寄宿公寓里办完了最后要办的一切手续后,他由一名侍者相帮,把所有行李搬上一辆歪歪倒倒的出租马车,临了,终于在行李旁边局促地坐下来。车走动了,一种类乎伤逝的感觉油然而生——生命中的一个历程从此结束(而且是永远地结束了)!——而同时又产生了一种突如其来的轻松感,开始憧憬着即将到来的某种新的东西。他多少平静了些,也振作了些,对周围的景物似乎也换了一副新的目光去看待。总算结束了,别了,莫斯科,别了,在这个城市里所经历的一切!天空愁眉苦脸的,淅淅沥沥地飘着雨点。胡同里阒无一人,鹅卵石又黑又亮,像是铁铸的一般。巷里的房屋全都邋里邋逼的，显得忧郁、愁闷。马车夫慢条斯理地驾着车，叫人心焦，而且他身上的气味迫使米佳一再扭开头去，竭力屏住呼吸。马车驶过了克里姆林宫，又驶过了圣母节广场，然后重新拐进胡同。胡同某处的花园中，有只乌鸦由于下雨，由于暮色四合而呱呱地聒噪着。然而毕竟已经是春天了，空气中洋溢着春的气息。马车终于驶抵车站，米佳跟在脚夫后边，急匆匆地穿过人头攒动的车站大厅，奔进站台，来到三号站台，那里已停着开往库尔斯克的一长列笨重的客车。车前黑压压地、嘈杂地围着一大群人，脚夫们推着一辆辆行李车咕噜噜地朝车厢走去，一路上扯直嗓门吆喝人们让路。米佳于一瞬之间立刻分辨出，立刻看出那个"绝世美人"独自站在远处，使人觉得她不但在这儿的人群中，甚至在整个世界上也是鹤立鸡群。第一遍铃声已经响过——这回不是卡佳而是他迟到了。她比他早到，已经在等他，这使他感动。她急忙迎上前来，又以那种妻子或者未婚妻的关切说道：

"心爱的，快占座位去！马上要响第二遍铃了！"

第二遍铃声后,她站在站台上,仰起头望着立在三等车门口的米佳,这使他益发感动了。三等车里已挤得水泄不通,而且臭气熏天,可她身上的一切却是那么美好,无论是她可爱漂亮的脸蛋,还是她娇小的身材;无论是她还带有少女稚气的妇人艳丽风姿和青春活力,还是她向上抬起的晶莹的双眸;无论是她那顶朴素的、在每一条襞褶中都流露出优美激情的湛蓝色遮檐帽,还是她那件深灰色的上装(米佳觉得他似乎已怀着深情抚摸到了上装的料子和绸衬里),都充满了摄人魂魄的魅力。他自己则形销骨立,既难看又笨拙,穿着旅行穿的粗皮长筒靴和旧上衣,上衣的纽扣已磨得露出了红铜色。然而卡佳却并不嫌弃他,依然用并非做作的爱怜而忧伤的目光凝望着他。第三遍铃声响得那么突然,尖利地刺痛了米佳的心房,他像个疯子似的从车厢的通过台上冲下来,卡佳也同样像个疯子似的惊恐地扑过去。他深深地吻了一下她的一只戴着手套的手,然后跳回车厢,狂喜地向她挥着鸭舌帽,泪水不觉夺眶而出。她用一只手微微提起点裙子，跟站台一起往后飘去，但是她的目光仍锲而不舍地追随着他。她越来越快地往后飘去，风也越来越强烈地吹拂着把身子探出窗外的米佳的头发。火车头越来越无情地加快速度，汽笛蛮横地、威吓性地吼叫着为列车开道——突然，她和站台的尽头一起消失不见了，仿佛一下子沉入了地心……

七

春日长长的黄昏早已降临,由于漫天雨云,暮色更显得昏暗朦胧,笨重的列车在光秃秃的、寒意料峭的旷野上——旷野上还刚刚是初春天气——隆隆地奔驰着。列车员顺着车厢的过道走来,一边查票,一边把蜡烛插进一盏盏吊灯,而米佳则依然站在震得哐啷作响的车窗前,回味着滞留在他唇间的卡佳手套的气息,周身也依然在燃烧着告别时最后一瞬间的那股烈焰。莫斯科的那个悠长的冬季,那个改变了他全部生活的、既幸福又痛苦的冬季,此刻复又映现在他眼前,前尘影事无一遗留,可是已恍同隔世了。连卡佳也已恍同隔世,此刻浮现在他脑际的卡佳已全然陌生了……是的,是的,她是什么人,她是怎么回事?还有那爱情、情欲、心灵、肉体呢?这一切又究竟是怎么回事?这一切并不存在,有的只是另一种,完完全全是另一种东西!然而这手套的气息难道也不是卡佳的,也不是爱情,也不是心灵,也不是肉体?其实车厢里那许多农夫和工人,那个正领着她的难看的孩子去厕所间的女人,那一盏盏震得叮当作响的吊灯里的昏黄的烛光,那春日旷野上苍茫的暮色,无不都是爱情,都是心灵,都是痛苦,而同时也都是无法言传的欢乐。

早晨车抵奥勒尔,他在这里换车,那列外省的区间车停在最远的站台旁。米佳觉得此地与莫斯科相比,是那样的纯朴、宁静、亲切。如今莫斯科对他来说,已落入远在天涯海角的某个王国里了。卡佳过去是这个王国的主宰,可是此刻他却觉得她似乎是个孤独而可怜的人,他对她的爱只剩下一片似水的柔情!在这里,奥勒尔,连飘浮着几朵青白色积雨云的天空,连阵阵的春风,也比莫斯科来得质朴,来得恬静……列车在奥勒尔出站时,行驶得不徐不疾，不慌不忙。米佳坐在几乎是空无一人的车厢里，不慌不忙地吃着图拉产的用刻花模子压出来的蜜糖饼干。后来，列车加快了速度，颠晃着他，使他坠入了梦乡。

他醒来时，车已到达维尔霍维耶。列车停了下来，车站上人非常多，熙熙攘攘的，可是不知怎的，仍显得偏僻冷落。从车站食堂里飘出香喷喷的油烟味。米佳津津有味地喝光了一盘菜汤和一瓶啤酒，重又沉沉睡着了——浓重的倦意侵袭着他。等他再度醒过来时，列车已奔驰在开春后的白桦林中，这片树林他是熟稔的，前方就是终点站了。春天特有的那种苍茫的暮色笼罩着大地，从洞开的车窗里飘进雨水的气息，似乎还夹有蘑菇的清香。树林尚未披绿绽青，仍是光秃秃的，可是列车的隆隆声在树林里听起来毕竟比在旷野上要清晰悦耳得多。前方已闪烁着车站的点点灯火，那灯火蕴含着春日特有的哀愁。已经可以看到高高的扬旗上的那盏绿灯了，在这样的黄昏，在这样光秃秃的白桦林中，这盏绿灯显得分外赏心悦目。列车哐当一响驶入了岔道……天哪,在站台上迎候少爷的仆人是多么的土气,又是多么的可亲呀!

他乘着马车离开车站,在穿过那座同样由于开春而泥泞不堪的大村庄时,夜色越来越浓,乌云也越来越黑了。万物都已沉没在这片柔和非凡的夜色中,沉没在大地深邃的寂静中,沉没在已同黑黝黝的低垂的积雨云融合成一片的温暖的长夜中了,于是米佳又感到惊喜交集:农村是多么静谧、质朴和贫困呀。这一幢幢散发出刺鼻气息的、没有烟囱的农舍早已进入梦乡(自圣母领报节[1]起,老百姓就不再把炉火拨旺),置身于这黑沉沉的温暖的草原世界上是多么美好啊!四轮马车在坎坷不平的泥泽中向前行去。一家殷实的庄户人家的院子里,挺立着几棵橡树。橡树尚未吐绿,一副冷若冰霜的神态,只有枝丫上影影绰绰地露出几个白嘴鸦的巢。在一幢农舍门口,站着个庄稼汉,正向暗处张望,那人的模样怪得出

---

[1] 系东正教十二大节之一,以纪念圣母感孕,俄历3月25日守此节。

奇，像是远古时代的人：赤着脚，披着件褴褛的粗呢上衣，一顶羊皮帽压在长长的笔直的头发上……下起雨来了，雨丝甜蜜、芬芳、温暖。米佳遐想着沉睡在这些农舍里的村姑和年轻的村妇，遐想着一冬以来因和卡佳厮守在一起而领略到的女性的种种奥秘，于是，卡佳、村姑、黑夜、春天、雨水的清香、已翻耕过的准备受孕结实的泥土的芳香、马的汗味和对那只羊皮手套的气息的回味，都融合在一起了……

八

乡居生活的最初几天是平静而美好的。

列车驶离莫斯科后的头一天夜里,卡佳似乎已黯然失色,变得跟周围的芸芸众生毫无二致了。但这只是米佳的幻觉而已,这种幻觉还持续了几天,等到他睡足了觉,消除了旅途的劳顿,恢复了常态,习惯了新的环境之后,这种幻觉便立时烟消云散。而所谓新的环境实际上是他从孩提时代起就已熟悉了的老家、乡村、乡村的春天,以及大地在春天时所特有的那种亦裸光秃的景象。大地此时重已洗净身子,正怀着青春的活力,准备一年一度的开花结果。

庄园并不大,宅第不但不豪华,而且已颇为陈旧,家务不繁杂，所以也没有几个仆人——米佳的乡居生活开始得很平静。妹妹阿尼雅是中学二年级学生，弟弟科斯佳，一个半大孩子，是武备中学的学生，眼下都在奥勒尔读书，最早也要到六月初才会回家。妈妈奥尔加·彼得罗芙娜跟往常一样，终日忙于农务，在这方面她只有一个帮手，那就是管家——仆人都管他叫村长。她时常要下地去，一直要忙到天黑才能躺下来睡觉。

　　米佳到家后的当晚，甜甜一觉，睡了足足十二个钟点，翌日醒来时，早已日上三竿。他洗好脸，浑身上下换上干净衣服，步出他那间照满阳光的卧室（他的卧室是朝东的，窗对着果园），到宅第各处去转了一圈，处处都给予他一种亲切感，处处显得宁静而简朴，使他的身心得到慰藉。在每间屋里，所有的东西仍都放在原处，跟许多年前一样，没有任何变动，连它们的气息也那么熟稔，仍跟过去一样好闻。所有的房间都因他的归来而收拾过，所有房间的地板都特意擦洗过。只有那间同穿堂和直至今天还沿用旧称的仆人室相通的大厅还没有擦洗完毕。一个从村里来打短工的满脸雀斑的村姑,站在阳台门旁的窗台上,一边吹着口哨,一边踮起脚尖擦高处的玻璃,低处的玻璃映出了她青青的身影,仿佛她的人站在很远的地方。女仆帕拉莎一边从盛满热水的铅桶里捞起块抹布,光着雪白的脚,翘起脚尖,用小巧的脚跟踏着泼过水的地板,一步步地擦洗过去,一边友好而随便地像打连珠炮似的同米佳攀谈,不时用卷起了衣袖的臂弯揩去热得绯红的脸上的汗珠。

"您去喝茶吧,您妈天没亮就同村长上车站去了,您八成没听到他俩走……"

米佳望着那个女人卷起了衣袖的手臂,望着那个踮起脚尖站在窗台上的村姑的曲线和她的裙子,只见裙子下边裸露出像两根结实的柱子般的腿,不由得心旌动摇。可就在这一刹那,卡佳不容分说地促使米佳想起了她,使他的心收了回来。他怀着喜悦的心情感觉到了卡佳对他的威力,感觉到了他是属于她的。在这个早晨的一切观感中都感觉到了她隐秘的存在。

而且这种存在，在他的感觉中一天比一天强烈，一天比一天美好。随着他越来越恢复常态，心头越来越趋于平静，他终于忘却了那个作为普通女人的卡佳，而正是这个作为普通女人的卡佳，当初他在莫斯科时，却那么经常，那么令他苦恼地不能同他理想中的卡佳融合成一人。

九

这是他第一次作为一个成年人在家里生活,连妈妈对他的态度也跟过去不同了,而最主要的是,他的生活中有了爱,心灵已沉浸在真正的初恋之中,那桩他从孩提时代、从少年时代起就一直心驰神往、梦寐以求的事终于实现了。

还早在他咿呀学语的时候,就有一种为人类的语言所无法表达的东西在他身上神秘地萌动。已记不真切那是发生在什么时候,什么地方的事了,反正十之八九也是在春季,在花园里,在一丛丁香花旁边——他至今还记得红头娘虫那股刺鼻的气味——当时,他一个乳臭未干的小不点儿,站在一个年轻的妇人身旁——她大概是他的保姆吧——突然间，有样东西（可能是她的脸庞，也可能是遮没她丰满胸脯的萨拉凡）像天堂的光华在他跟前放出了异彩，于是一股莫名的热浪开始冲击他，在他心头翻腾，宛如母腹中的胎儿一般……但是那一切恍若梦境。恍若梦境的还有以后的年代：童年时代，少年时代和中学生时代。儿时，每逢他的喜庆日子，总有一些小姑娘由她们的母亲陪伴着前来道贺，此时他就会对其中的这个或那个小姑娘产生一种特殊的倾慕之情，而这种倾慕之情是说不出所以然的，是不同于其他任何情感的。他总是怀着一种隐秘的、饥渴的好奇心，注视着那个吸引了他的穿着小连衫裙、戴着小帽子、小脑袋上扎个丝蝴蝶结的小姑娘（她也是那么特殊，不同于其他任何人）的一举一动。后来，那已经是他到了省城之后的事了，几乎整整一秋，他曾对一个中学女生产生了比儿时远要成熟得多的倾慕之情。这个女学生每天傍晚都要爬到邻家花园栅栏后边的树上去。她的淘气、戏谑、褐色的连衫裙、插在头发上的圆梳子、脏乎乎的小手、吃吃的笑声和响亮的尖叫，都使米佳神魂颠倒，自早到晚因思念这一切而愁肠百结，有时甚至还会流泪，一心渴望着从她身上得到些什么。后来，也说不准是怎么回事，对那女学生的情思忽然自行结束，渐渐把她忘却了。他的倾慕之情转移到了别的女孩子身上，不过仍然隐藏于内心，不敢吐露，持续的时间也有长有短，这一切都发生在中学举行的舞会上，他常常会突然钟情于某个女孩子，为她而欢乐，为她而痛苦……那段时期，他感到肉体上有一种莫名的烦闷，而他的心中则有一种模模糊糊的预感，在等待着什么……

　　他是在乡下出世和长大的，直到念中学时才不得不在城里度过春天，只有一年例外，那就是前年。那年他回乡下过谢肉节，不料病倒了，便留下来养病，在家里度过了三月份以及四月份的一半时光。这一个半月的光阴是他永远也忘怀不了的。有两个礼拜他卧床不起，只能从病榻上望着窗外的景物。他发现随着气温和日光的增强，积雪、果园以及园中的树木和枝丫天天都在变样。

有天早晨他发现照满阳光的屋里已是那么明亮暖和，连苍蝇都活了过来，在玻璃上爬着……而翌日午间，当太阳移至屋后，照射着宅第的另一面时，他望见窗外苍白的春雪已变成淡淡的蓝色，在湛蓝的空中，在树梢的上方已飘浮着大朵大朵的白云……又过了一天，漫天云霭的苍穹豁然开朗，露出大片大片碧空，树皮上发出湿润的亮光，窗外屋檐上滴着雪水，这一切使他喜不自胜，怎么也看不厌……此后几天，连日春雨霏霏，弥漫着温暖的雾霭，积雪就在这几天内融化净尽，河解冻了，河水潺潺地流动起来，花园和庭院内的泥土又裸露了出来，黑得那么欢乐，那么生机盎然。米佳永远也忘不了三月杪有一天，他平生第一次骑马去地里。那天虽不能说阳光明媚，可是从果园里苍白、单调的树木下向上望去，只见天空光华熠熠，是那么富有生气，富有青春魅力。到了田野里，更是清风习习，益发朝气蓬勃了。麦茬泛出火黄的颜色，一副粗野犷悍的样子，而在已经翻耕过的地里（都已经在耕地准备种燕麦了），泥土乌油油的，显示出一种原始的力量。他骑着马径直穿过麦茬地和初耕地朝树林走去，远远就可望到树林伫立在洁净如洗的空气中，光秃秃的，矮矮的，一眼就可望到头。后来，他策马来到林中谷地，马蹄踩在去岁的枯叶上，发出"嚓嚓"的喧声，有的地方枯叶是干燥的，呈淡黄色，有的地方却是湿漉漉的，呈褐色。他驱马越过落满败叶的沟壑，壑中还在淙淙地流着春汛时的水，而一簇簇树丛里，不时响起窸窸窣窣的声音，一只只暗黄色的山鹬蹿出树丛，径直从马蹄下鼓翼飞走……这一年的春季，特别是这一天，田野上的春风那么清新地吹拂着他，胯下的那匹马那么奋力地在吸饱水汽的麦茬地和黑油油的初耕地里奔走，大鼻孔呼噜呼噜地吐着气，打着响鼻，并用一种强大而粗野的力量萧萧长嘶。对他来说，这是段什么样的时光呢？他当时以为正是在这年春季他初次萌发了真正的爱情，他几乎无日不钟情于某一个人，那时他爱所有的中学女生，爱天下所有的姑娘！但是这段时间在今天看来已恍同隔世！他当时还全然是个毛孩子，幼稚、淳朴、可怜，其所以可怜，是因为当时的那些悲伤、欢乐、憧憬是多么不足道哉！当时他那种既无对象又无结果的爱不过是一场梦，更确切地说，不过是对某个奇妙的梦境的回忆罢了！可现在却不同了，世界上有卡佳，有一颗不仅包容了这个世界，并主宰着这个世界上的一切的心灵。

十

米佳在回乡后最初一段时期内,只有一回是在不祥的氛围下忆起卡佳的。

有天夜间,已经很晚了,米佳走到后门口的台阶上。天色非常之黑,周遭没有一点声音,空气中弥漫着潮湿的泥土气。几颗小星星钻出夜空中的云层,在影影绰绰的果园上方哀哀哭泣。蓦地里,远处什么地方发出一长声凄厉、狰狞的狂叫,像鬼哭一般。米佳打了个寒噤,吓得呆住了,后来,他胆战心惊地下了台阶,走到阴森森的、仿佛满怀敌意地从四面八方戒备着他的林荫道上,重又停下来,想再听听这是什么声音?它,那个如此突然,如此可怖地发出响彻整个果园的狰叫声的怪物,在什么地方？他心里思忖这准是求欢的鸱鸮或者大角枭的叫声，如此而已，可是整个人却仍然吓得直发怵，仿佛在这片黑暗中真的有鬼出现，只是肉眼看不到而已。突然间，又响起了一声使米佳毛骨悚然的狞叫声，随后，在离他很近的地方，就在林荫道的树梢上，发出一阵窸窸窣窣的响声，魔鬼正在悄悄地转移到果园中另外的地方去。在那边，它起先像犬吠似的叫着，后来开始像孩子般可怜巴巴地用央求的声调诉着苦，抽泣着，扑棱着翅膀，怀着一种痛苦的快感发出鹰叫的声音，随后一阵狂笑，活像有人在胳肢它，折磨它，使它痒得难受。米佳心惊肉跳地睁大眼睛，竖直耳朵，凝神静气地注意着黑暗中的动静。那魔鬼突然不再狂笑，呼呼地喘着粗气，然后，又发出一声垂死的哀叫，划破了黑沉沉的果园，自此就再也不作声了，像是已经钻进了地心。米佳还等了好几分钟，想听听会不会再响起这种可怖的求偶声，可是白等了一场。他悄悄地回到屋里，这一夜他睡得很不安宁，梦魇连连，三月份在莫斯科时，他的爱情使他产生的那些痛苦的想法和感觉，重又折腾了他整整一夜。

但是次日，在和煦的阳光下，昨宵的苦恼顿时冰消雪融。他回忆着当卡佳同他一起决定他务必暂离莫斯科时，卡佳怎样伤心地流下了眼泪，而后来她灵机一动，要他在六月初也去克里米亚消夏时，又怎样破涕为笑，还回忆着卡佳怎样体贴入微地帮他做回乡的准备，回忆着她到车站送别时的情景……他掏出她的一张小照，久久地、久久地端详着她那浓妆艳抹的小小的脸庞，她的坦率、真诚、微呈圆形的明眸是那么纯洁无邪，光艳照人，使他越看越惊讶……后来他提笔给她写了一封情意缠绵的信，写得特别长，深信他俩的爱情是天长地久的，于是他重又觉得在他赖以生存，并获得欢乐的一切事物之中，无处没有卡佳的存在，她的存在给他带来了爱和光明。

他不由得忆起十年前父亲亡故时他的心情。那也是在春天。在父亲死后的翌日，他怀着一种困惑而恐怖的心情，怯生生地穿过充作灵堂的大厅，只见父亲卧在灵床上，穿着一身贵族礼服，胸部高高隆起，一双灰白的大手叠放在胸前，稀疏的大胡子显得分外的黑，而鼻子则像纸一样白，米佳走到门口的台阶上，朝靠在门边的蒙着金色锦缎的巨大的棺材盖瞥了一眼，突然领悟到：世上是有死亡的！死亡存在于一切之中，存在于阳光中，院子里的春草中，天空中，果园中……他向果园走去，踏上在阳光下显得绚烂多彩的菩提树林荫道，然后又拐到阳光更加充足的一条条岔道上，眺望着树木和第一批出现的雪白的蝴蝶，谛听着第一批出现的小鸟的婉转啼鸣，觉得这一切都异常陌生。那时他脑子里想到的只是到处都存在着死亡，只是大厅里那张可怖的灵床，只是台阶上蒙着锦缎的长长的棺材盖！所以放眼望去，景物全非，过去太阳不是这样发光的，草不是这样发绿的，蝴蝶也不是这样发呆地停在还只是茎尖上才有点热气的春草上的。总之，一切都跟几天前不一样了，一切都因濒临世界末日而面目全非了，连春天的魅力和它永恒的朝气也显得楚楚可怜，充满忧伤！这种心情持续了很久，一直持续了整整一春，而且他还长久地觉得——或许是心造的幻觉——宅第虽然冲洗过并且多次通风过，却一直有一股讨厌的、甜腻腻的气味，令人不寒而栗……

这种不可理解的心情如今又回到了米佳身上——只是起因全然不同——这个春天，他的初恋之春，也同那回一样，跟过去任何一年的春天截然不同。世界重又变得面目全非，仿佛又到处存在着某种异物，不过那异物绝不是怀有敌意的，绝不是可怖的，恰恰相反，它使欢乐同春天的朝气奇妙地融合在一起了。这异物就是卡佳，或者更确切地说，是米佳求之于她，想从她身上得到的那种世上最美妙的东西。如今，随着春日一天天逝去，他要求于她的也越来越多。而且如今，当她不在眼前，在眼前的只是她的形象，并非真实的，而仅仅是他所希望的形象的时候，他觉得她正如人们要求于她的那样，没有一点瑕疵，完美无缺，丝毫也不去做有损于此的事，而且，她一天比一天更活生生地存在于米佳目力所及的一切景物之中。

十一

对于这一点,米佳在回家后第一个礼拜内是深信不疑的,因而喜不自胜。这个礼拜的气候仿佛还只是春日的前夜。他拿着本书,坐在客厅内洞开的窗扉旁,透过前花园中冷杉与松树间的空隙,遥望着牧场上那条混浊的小河和小河对岸斜坡上的村庄:白嘴鸦仍然以刚开春时的那种叫法,自早到晚一刻不停地在村庄旁边地主果园里光秃秃的老白桦树上聒噪,欢乐地忙着觅食,累得筋疲力尽;岸坡上的村庄仍然是一副荒凉的阴沉沉的样子,那里只有柳树才刚刚吐绿,而且绿得还不精神,有点儿泛黄……他朝果园走去,连果园也仍然是低矮的、萧疏的、光秃秃的,只有空旷处的草地已经返青,而且已开满绿松玉般的小花,还有林荫道旁的合欢树也已披上嫩叶,在果园南边低洼的谷地内,有枝樱桃已经稀稀落落地开了几朵花,花是白的,白得很淡……他走到田间,田里也仍然是空落落的,阴沉沉的,到处仍然戳着硬得像刷子似的麦茬,田间的道路虽已干燥,但是仍然布满土疙瘩,仍然呈紫色……然而所有这一切已显示出一种青春的、企盼着繁衍与孕育的裸体美——所有这一切就是卡佳。米佳也曾同那些来庄园打短工的少女和下房里的仆人厮混,或者看书、散步、去村里走访熟识的庄户人、同妈妈聊天、跟着管家(他是个魁梧、粗鲁的退伍士兵)驾着轻便马车在旷野里疾驶,以为借此或多或少能分分心,结果却是徒劳……

光阴荏苒,又是一个礼拜过去了。有天深夜,下了场滂沱大雨。雨霁天晴后,太阳一下子变得火辣辣的,顷刻之间就荡尽了春日早先那种尢精打采的温暾之态,于是眼看着周遭的一切面貌骤变,甚至不是一天一个样,而是一小时一个样。麦茬地开始逐一翻耕,变成了黑丝绒的颜色,田埂开始发绿,院子里的嫩草显得更加苍翠欲滴,天空也蓝得更浓更亮了，果园很快就披上了鲜艳、娇嫩的绿妆，一串串璎珞似的微呈灰色的丁香花开始泛紫，散发出芳香，连苍蝇也成批出现了，大大的，黑黑的，泛出像金属般蓝幽幽的光，全躲在丁香有光泽的墨绿的叶子上以及小径上斑斑驳驳的暖洋洋的日影中。苹果树和梨树虽然还裸露着枝丫，一瓣瓣小小的、稍带灰色的、显得特别弱不禁风的新叶，虽然还只是刚刚开始把枝丫遮没，但是这些苹果树和梨树毕竟已到处把它们弯弯曲曲的枝丫伸向其他树木的下边，犬牙交接，织成一张张网，那些网上已经蒙着一层毛茸茸的雪一般的乳白色的花，而且这花一天比一天白，一天比一天密，一天比一天香。在这段美妙的日子里，米佳快乐地、专心致志地欣赏着春天给周围带来的变化。但是卡佳不唯没有因此而退居一旁，没有因此而消失在周围的景物之中，相反，在它们之中无处没有她的存在，而且正是她的美使它们生色。她的美同日益欣欣向荣的春天一起，同日益繁茂的银白的果园一起，同日益湛蓝的穹苍一起，如蓓蕾般怒放吐艳。

十二

  有天薄暮时分,米佳走进斜晖满室的大厅去用茶,喜出望外地看到茶炊旁放着一封信。这封信他等得好苦,今天早晨还白白地等了一场呢——他给她写了那么多信去,她早该回一封信了。投入他眼帘的小巧典雅的信封和信封上熟悉而稚拙的笔迹,既亮得耀眼又使他害怕。他一把抓过信来,快步走出屋去,沿着果园里的主林荫道,一直走到果园尽头那片谷地里才停下来,环顾了一下四周,迅速地撕开信封。信很短,寥寥数句,可是米佳一连看五遍方才看懂——他的心怦怦跳着,似乎要跳出喉咙了。"我的亲爱的,我唯一的心上人!"他反复地念着这句句子,欣喜若狂,觉得脚下的大地都在飘飘然地浮动起来。他举目仰望,只见笼罩着果园的天空得意扬扬地、喜滋滋地放出光辉。周围的花园也同样喜滋滋地放出白雪般的银辉,有只夜莺已感觉到黄昏将临时的凉意,以夜莺那种自我陶醉的柔情蜜意,在远处苍翠的树丛里千回百转地啼唱,米佳脸色煞白,开心得连头皮都发麻了……

他回屋去时走得非常慢,因为他的爱情之杯已满得快溢出来了,此后几天他也是这么小心翼翼地在心坎里捧着这只杯子,同时平静地、幸福地等待着下一封信。

十三

果园披上了绮丽多彩的华服。

那棵从各处都可望到的参天的老槭树本来就高踞于果园南半角所有的树木之上,如今覆满了浓艳翠绿的新叶,变得更高更大了。

那条主林荫道,是米佳经常在他卧室内凭窗眺望的,如今也更高更气派了:一棵棵老菩提树的树冠上,新叶虽然还不茂密,但是已布满枝头,构成了瑰丽的花纹,菩提树嫩绿的枝丫则错落有致地伸展到了果园的上空。

在槭树下面,在林荫道的菩提树下面,是一片芳香四溢的奶油色的花海。

所有这一切:槭树似华盖般的绿荫森森的树冠,林荫道上嫩绿的繁枝，苹果树、梨树、稠李的似新嫁娘礼服一般洁白的鲜花，太阳，蓝天，以及在果园的洼地上、谷地内、大大小小林荫支道的两旁和宅第朝南一边的墙脚下正在滋蔓生发的一切——丁香、相思树和醋栗，牛蒡、荨麻和苦艾——无不显示出一派欣欣向荣、繁茂茁壮的气象，叫人叹为观止。

在碧绿洁净的庭院内，由于花卉树木从四面八方团团围拢来，院子似乎显得狭窄多了，连宅第也仿佛变得小了些，漂亮了些。那宅第好像是在等待客人光临，所有的房间天天都门窗大开，连白色的大厅，蓝色的旧式客厅，小巧的、也髹成蓝色的、挂有好几幅椭圆形水彩画的起居室，以及阳光充足的藏书室也都整天不关门窗。藏书室是屋角一间宽敞的耳房，没有什么陈设，空落落的，只有劈对房门的地方供着几尊古老的圣像，沿墙摆着一溜溜桦木书橱。宅第四周的树木一步步朝宅第移近去，喜滋滋地窥探着各个房间。树木虽然都是绿油油的，然而却浓淡有别，百态千姿，而在枝丫之间则露出一片片晶莹如玉的碧空。

但是信却没有。米佳是知道的,卡佳因为文笔笨拙,一向不大肯写信,而且她总认为写信是件麻烦事,得在书桌旁坐下来,寻找笔、纸、信封,还要去买邮票……然而这种富于理智的设想并不能宽慰他。几天来,他一直很有把握地等第二封信来,并为此而感到幸福,甚至自豪,可是现在这种心情已化为乌有——他越来越苦恼,越来越不安了。按理在写出第一封那样的信之后,紧接着就应当写来第二封更美好、更亲昵的信。可是卡佳却默不作声。

他很少再去村里,很少再骑马去旷野兜风,而是终日坐在藏书室里,翻阅着已在书橱里搁了几十年的杂志。杂志的纸张已发脆泛黄,上面印着老一辈诗人们许多才华横溢的诗歌和优美动人的篇什,讲的几乎都是同一件事——正是这件事,自有世界以来一直充满所有的诗篇和歌曲,而今天则成了米佳的心灵所唯一关注的东西,他在任何情况下都能用不同的方式把这件事跟他自己,跟他的爱情,跟卡佳联系起来。他把圈椅移到打开的书橱前,坐在那里一连好几个小时吟诵着这些诗句,折磨着自己:

人们早已熟睡,到荫翳深浓的花园去吧,我的情郎!

人们早已熟睡,只有天上的繁星才能把我们俩张望……[1]

所有这些令人心旌动摇的诗句,所有这一声声的召唤,仿佛都出自他的手笔,出自他的心坎,都是仅仅对一个人讲的,而那个人的倩影,他,米佳,在所有地方,所有的景物中,都能看到,而且,这些诗句有时听来几乎带有一种胁迫的意味:

河水晶莹得好似白璧,

天鹅在河上回翔,鼓动着双翼,

拨弄得小河轻轻地摇曳:

啊,你快来吧!星星的眼帘时启时闭,

绿叶在微微晃动,相互偎倚,

---

[1] 这两句诗引自阿方纳西·阿方纳西耶维奇·费特(1820—1892)的一首无题诗。费特系笔名,真姓舍申,是俄国著名的抒情诗人。

而浮云已把天空遮蔽……[1]

　　他合上眼帘,打了个寒噤,一连几次反复吟咏着这召唤的诗句,这发自内心的恳求。这恳求充满着爱的力量,渴望能够得到响应,能够如愿以偿,后来,他良久地凝望着前方,谛听着淹没了宅第的那种乡村深沉的岑寂,终于痛苦地摇了摇头。不,她没有响应,她已置他于不顾,而管自在某个地方,在陌生而遥远的莫斯科的世界里寻欢作乐!——他的心重又冷了,柔情一扫而光——那种不祥的、胁迫性的、如咒语般的要求重又强烈起来:

　　啊,你快来吧!星星的眼帘时启时闭,
　　绿叶在微微晃动,相互偎倚,
　　而浮云已把天空遮蔽……

---

[1] 这几句诗引自屠格涅夫的诗作《召唤》。

十四

有一天,吃过午饭——午饭是在正午吃的——米佳睡了个午觉,醒来后,步出宅第,慢悠悠地朝果园走去。果园里经常有村姑来干活,给苹果树松土。今天她们也在那里干活。米佳此刻就是去找她们的。在她们身旁坐坐,跟她们聊聊,已经成了他的习惯。

天气挺热,没有一丝风。他在林荫道稀稀朗朗的树荫下走着,四周开满白花的枝丫尽收眼底,连远处的也可看到,梨花开得特别旺盛、茂密;雪白的梨花和晶莹的碧空交相辉映,呈现出紫罗兰的色彩。无论苹果树还是梨树,花既在开也在谢,树下翻过的泥土上落满蔫了的花瓣。在热乎乎的空气中可以闻到落花稍带甜味的幽香和牲畜栏内晒得发酵了的厩肥的腐味。有时，飘来一大片浮云，澄碧的天空变成了淡蓝色，于是热乎乎的空气以及落花和厩肥的腐味就变得更甜、更柔和了，蜜蜂和丸花蜂在雪一般洁白的繁花丛中忙忙碌碌地采蜜，使得这片春日乐土上的馥郁的温馨发出嗡嗡的响声，催人欲眠，令人陶醉。连夜莺也在白昼就此起彼伏地啼啭起来，愉悦地倾吐着相思之情。

林荫道的尽头是大门，门外便是打麦场。在林荫道尽头的左面，靠近果园围墙的角上，有一排黑压压的云杉。云杉旁边的苹果树中间，有两个穿得花花绿绿的村姑。米佳像平日那样，由林荫道半中央向左拐，朝她俩走去——他猫着腰，穿行在长长地伸展开去的低矮的花枝中间，花枝像女性一般，温柔地触碰着他的脸，发出蜂蜜和近似柠檬的馨香。其中的一个村姑，火红头发的瘦小的索尼卡，跟平日一样，刚一看到他就叫了起来，同时腼腆地吃吃笑着。

"哎哟，东家来了！"她装出害怕的样子叫道。她本来坐在梨树的一根粗枝上休息,马上跳了下来,赶紧拿起铁锹。

另一个村姑,叫格拉什卡,则恰恰相反,装得好像根本没有看见米佳,不慌不忙地把一只脚用力地踩到铁锹上。她脚上穿一双用黑毡带编成的软绳鞋,鞋里落满了白色的花瓣。只见她使劲把铁锹铲进地里,将一大块泥土翻了过来,同时用洪亮而悦耳的嗓子高声唱道:"你呀,果园,我的果园,为了谁你把花儿开放!"她是个身材高大的姑娘,有点儿男性的气概,总是不苟言笑。

米佳走到她俩跟前,坐到索尼卡刚才坐过的那根老梨树的粗杈枝上。索尼卡目光炯炯地望着他,装出一副随随便便、高高兴兴的样子,问道:

"才起床吗?瞧着点儿,别净睡大觉,误了事!"

她喜欢米佳,但竭力想掩饰这一点,却又不善于掩饰,一见米佳就慌了神,举止失措,想到什么就讲什么,但是句句话里都嵌有骨头,影射着什么事,她已模模糊糊地猜到,米佳不论来找她们还是离开她们的时候总是一副六神无主的样子,八成是有什么隐私。她怀疑米佳已勾搭上了帕拉莎,至少是安有这个心。这使她大吃其醋,有时候跟他讲话挺温顺,有时候却很尖刻;有时候郁郁地看着他,流露出一片深情,有时候却冷若冰霜,甚至怀着敌意。这一切使米佳产生了一种异样的快感。卡佳始终没有信来,他现在已不是在生活,而不过是在望眼欲穿的等待中打发日子。这种等待使他越来越苦恼,而更加使他苦恼的是他不可能向任何人倾诉他秘密的爱情和痛苦,不可能跟任何人谈谈卡佳,谈谈他怎样渴望去克里米亚,因此索尼卡暗示他爱上了什么人反倒使他高兴:不管怎么样,她的那些话毕竟触及了他的心灵为之痛苦和烦恼的隐情。使他感到高兴的还有索尼卡爱上了他,这就是说,从某种程度上来讲她对他是亲密的,因而仿佛成了他心中爱情生活的秘密参与者,有时他甚至产生一线奇怪的希望:也许能在索尼卡身上找到他感情的寄托,找到多少能够替代卡佳的东西。

这会儿索尼卡说"瞧着点,别净睡大觉,误了事"的时候,深信自己这句话又击中了他的秘密。他环顾一下四周。他们面前的那排云杉,葳蕤蓊郁,墨绿的树叶在白昼灿烂的阳光下几乎呈黑色,而云杉尖尖的树冠中露出来的天空则显得格外的空明澄碧。菩提、槭树、榆树的新叶,无一瓣不照满阳光,亮得透明,交织成一层轻盈、明快的遮阳,覆没了整个果园,把光怪陆离的阴影和日影洒满了草地、小径和园中的旷地,繁盛、芬芳、洁白的花朵在这层遮阳下,望去像是瓷的,那些未被树影遮住的花朵则照满了阳光,也亮得好似透明的,米佳情不自禁地微笑着,问索尼卡道:

"我有什么事好叫睡觉耽误的?我苦就苦在没事可做。"

"得啦,住口吧,别把话讲得那么绝,我可相信你哩!"索尼卡快活而粗鲁地大声回答说,不相信米佳没有情人,这使米佳又一次感到乐滋滋的。突然,一条额上有一撮白毛的黄牛犊从云杉后面出来,慢腾腾地走到她身后,啃起她印花布裙子的皱边来,她忙不迭推开牛犊,又大声叫道:

"哎哟，滚开！又来了这么个小崽子！"

"听说有人来向你提亲了，真的吗？"米佳想同她攀谈下去，又不知道该说些什么，便随口问道。"据说是个殷实的庄户人家，小伙子挺漂亮，可你却不听你爹的话，回绝了……"

"有钱，可是没有脑子，脑袋瓜里一抹黑，"索尼卡机敏地回答说，显得有几分得意，"再说，我心里说不定有了另外的人……"

不苟言笑的格拉什卡，没有停下手头的活，摇了摇头，轻声说：

"唉，姑娘，瞧你胡扯些什么！你在这儿由着嘴乱讲，传到村里，会说你闲话的……"

"你住口，别呱嗒呱嗒地唠叨！"索尼卡气汹汹地顶嘴说，"我可不是窝囊废，我知道怎么对付闲话！"

"你心里那个另外的人是谁？"米佳问道。

"行，讲给你听！"索尼卡说道，"我爱上了你们家那个牧人老爹。爱得像团火，都烧到脚尖了！我，不比您差劲儿,可喜欢骑老马哩。"她挑衅地说,显然是在影射帕拉莎,帕拉莎今年二十岁,在乡下算是老姑娘了。说到这里,她突然撂下铁锹,大模大样地坐到地上,她认为由于她悄悄地爱上了少东家,就多少有权利歇一会儿。她把双腿伸直,略略叉开,脚上穿着双旧的粗皮半高筒靴和花毛长袜,两只手乏力地垂着。

"唉,什么活也没干,已经累得要死啦!"她咯咯地笑着,大声说,"我的靴子多瘦。"说罢,就尖声唱了起来:

我这双瘦瘦的靴子,
漆皮的靴尖多么雅致——

随后又咯咯笑着,大声讲道:

"走,跟我一块上窝棚里去歇会儿,我什么都答应你!"

她的笑声感染了米佳。他咧开大嘴,腼腆地笑着,从梨树枝上跳下来,走到索尼卡身旁,躺到地上,把头搁到

她的膝盖上。索尼卡把他的头推开,他又搁了上去,心里则又想起了近几天来反复吟咏的诗句:

> 我看着玫瑰——那幸福的力量
> 绽开了她娇艳的蓓蕾
> 任凭露水滋润抚慰——
> 这就是不可理解的爱情世界
> 它呈现在我四围
> 无涯无际,无边无陲
> 芬芳而又甘美……[1]

"别碰我!"索尼卡大声叫道。这回当真感到害怕了,她竭力想把他的头扳起来推开。"我可要喊啦,喊得全树林里的狼都跟着叫起来!我什么也不会给您的,我的火烧过一阵,熄了!"

---

[1] 引自阿·费特的诗作《玫瑰》。

米佳合上眼睛，一声不吭。阳光穿过树叶、枝丫和梨花，把热乎乎的日影星星点点地洒到他脸上，使他感到又酥又痒。索尼卡温柔而又粗手粗脚地揪住他又黑又硬的头发，叫了起来："活脱跟马鬃一个样！"随即把便帽盖住了他的眼睛。他的后脑勺贴着她的腿——世上最可怕的东西莫过于女人的腿！——挨着她的小腹，他闻到了印花布裙子和上衣的气息，而这一切又是同盛开的果园，同卡佳羼杂在一起的。远处夜莺懒洋洋的啼啭声，无数蜜蜂一刻不停地发出的那种催人欲眠的甜蜜的嗡嗡声，暖烘烘的空气中飘荡着的蜜香，乃至背部贴着地皮这种最普通的感觉，都激起了他对某种非人力所及的幸福的渴望，这种渴望折磨着他，使他感到痛苦，感到难受。突然，云杉树上有什么东西沙沙地动了起来，起初那东西开心地、幸灾乐祸地哈哈笑了几声，然后震耳欲聋地发出"咕——咕！咕——咕！"的叫声，叫得那么可怕，那么特别，那么近，那么清晰，以致都可听到嘎哑的喉音和尖尖的舌头的颤动声，这使他顿时渴望起卡佳来了,渴望她、要求她无论如何立刻就把这种非人力所及的幸福给他,这渴望那么狂暴地攫住了他,他冷不丁蹦起来,大步流星地走掉了,使索尼卡惊讶得脸都变色了。

由于对幸福的这种狂暴的渴望和要求,由于在他头顶上的云杉树中冷不防响起的那么可怖、那么清楚的叫声,整个这春日的世界仿佛天崩地裂了,米佳顿如醍醐灌顶,意识到信不会来也不可能来了,某件事已经在莫斯科发生,或者眼看就要发生了,他完了,毁灭了!

十五

回到屋里后,他在大厅的镜子前站了一会儿。"她说得有道理,"他思忖道,"我的眼睛即使不是拜占庭式的,也无论如何是疯子的。还有这又干又瘦的身材呢!一点都不匀称,粗俗不堪,眉毛也是的,跟木炭一样,一副苦相;头发又硬又黑,可叫索尼卡说对了,这不是活脱像马鬃吗?"

但就在这时,听到身后有个人打着赤足,快步走了过来。他有点不好意思了,连忙转开身去。

"没错,准是闹恋爱了,所以整天照镜子。"帕拉莎一面亲热地同他开着玩笑,一面端着沸腾的茶炊,快步走过他身旁,朝凉台跑去。

"妈妈找您来着。"她加补说,举起手把茶炊搁到已拾掇干净准备用午茶的桌子上,然后转过身来,飞快地看了米佳一眼,那目光表明她已看穿了他的心事。

"大家都知道了,都猜着了!"米佳想着,强打起精神来问道:

"她在哪儿?"

"自个儿屋里。"

太阳已绕过宅第,移向西半天,把那几棵用长满针叶的枝丫遮掩着凉台的松树和冷杉的下部照得像镜子般发亮。树下一簇簇的卫矛丛也亮得好似玻璃一般,已呈现出一派夏日的气氛。桌上覆着淡淡的树影,有两三处地方有几摊日影,台布亮闪闪的。黄蜂在盛着白面包的小篮子上、磨砂玻璃的果酱缸上和茶杯上盘旋。这幅图画说明乡村的夏天是多么优美,说明在这里可以过上多么无忧无虑的幸福生活。对于米佳的心境,妈妈当然了解得不会比别人差。米佳决定赶在妈妈奥尔加·彼得罗芙娜出来喝茶前先去看她,好让她晓得,他心里并没有任何郁郁不乐的隐情。于是他离开大厅,走进光线昏暗的走廊。走廊里一扇门通他的卧室,一扇通妈妈的,还有两扇通另外两个房间,是阿尼雅和科斯佳回来过暑假时住的。奥尔加·彼得罗芙娜的房间漆成淡蓝色,摆满了宅第中最老式笨重的家具:一排排衣柜、五斗橱和一张宽大的眠床,虽显得有点儿拥挤,却挺舒适,神龛前终日点着盏圣体灯,虽说奥尔加·彼得罗芙娜从未有过一个举动表明她是特别虔诚的教徒。屋里的窗户都洞开着,窗口下是个荒废了的花坛,紧挨着主林荫道的入口。花坛上蒙着一大片阴影,除了这片阴影之外,整个果园都沐浴在斜晖之下,欢快地泼洒出绿白两种颜色。对这番景色奥尔加·彼得罗芙娜早已习惯,所以连看都不去看一眼,管自戴着眼镜,坐在窗边的安乐椅上,迅速地舞动着钩针,低头编结着毛线。她是个高大、枯瘦、黝黑、古板的年届四十的妇人。

"妈妈,你找我吗?"米佳跨进门,站在门槛边上问道。

"没有,我只是想看看你。现在除了吃午饭的时候,我几乎看不见你的人影。"奥尔加·彼得罗芙娜没有停下手头的活儿,回答说,她的口吻不知怎的有点儿异常,过于若无其事了。

米佳想起了卡佳在3月9日那天曾经说过,她不知怎的怕他的母亲,还想起了她这句话中所毋庸置疑地包含着的那种令他陶然欲醉的暗示……他难为情地嘟囔着说:

"也许你有事要跟我谈吧?"

"什么事也没有,除了一点:我觉得你近来总是闷闷不乐,"奥尔加·彼得罗芙娜说,"你不妨出去串串门嘛……比方说,去麦谢尔斯基家……他家有好几个待嫁的姑娘。"她加补说,微微一笑,"再说,这家人依我看是非常可亲,非常好客的。"

"我很高兴去,就这几天抽空去一趟,"米佳不大情愿地回答说,"走,咱们喝茶去吧。凉台上可美呢……喝茶时再谈。"他嘴上这么说,可心里却完全明白,妈妈是聪明人,能洞若观火地看到人的心底,而且性格又含蓄,所以不会再回到这类无益的谈话上去了。

他俩在凉台上几乎一直坐到太阳西沉。喝好午茶，妈妈又继续结毛线，一边跟他谈着邻居家的事，谈着农务，谈着阿尼雅和科斯佳——阿尼雅今年八月又要补考。米佳听着妈妈讲，不时地回答几句，可是自始至终有一种近似离开莫斯科前夕时的那种感觉，他又觉得像喝多了酒那样晕晕乎乎的，仿佛患了重病。

黄昏时，他足足两个钟头不停地在宅第各处来回走着，一再穿过大厅、客厅、起居室，一直走到藏书室内劈对果园的南窗跟前。残照穿过松树和冷杉枝丫间的空隙，柔和地映红了大厅和客厅的窗户，聚集在下房附近准备吃晚饭的雇工们的谈笑声不时传进屋来。迟暮时分匀净而暗淡的青蓝色的苍穹，带着一颗一动不动地嵌于其间的玫瑰红的星星，窥探着卧房的槛间和藏书室的窗户；槭树葱翠的树冠和果园中似冬雪般洁白的花海，在这片青蓝色的天空映衬下，就像在画境中一般。可他却不停地走着，走着，对于家里人将怎么解释他这个举动已毫不在意。他咬紧牙关，咬得头都疼了。

十六

从这天起,他不再去注意行将到来的夏天给他周遭带来的变化。他虽然看到了,甚至感觉到了这些变化,可是对他来说,这些变化已失去它们本身的独立价值。欣赏景物的变化徒然使他痛苦:景色越是美丽,他越是痛苦得厉害。现在卡佳真的已经是魔力无边了,简直达到了无所不在、无孔不入的地步,加之每新的一天都越来越令他骇怕地证实,她对米佳来说已不复存在,她已在另一个什么人的主宰之下,她已把她这人和她那理应完完全全属于他米佳的爱情委与那另一个人了,因此世间的一切在米佳看来就没有什么可留恋了,徒生痛苦而已,而越是觉得它们没有什么可留恋,徒生痛苦,它们却越是显得美好。

夜里他几乎总是失眠。月夜的幽美是无与伦比的。夜间的果园银辉泻地,恬静到了极点。夜莺由于享尽爱情的愉悦而慵倦了,小心翼翼地啼啭着,相互比着谁的歌子更甜蜜,更婉约,更纯贞,更字正腔圆。苍白的月亮静静地、温柔地低悬在果园的上空,身边总是形影不离地伴随着一小朵一小朵如水波般美得无以形容的淡蓝色浮云。米佳躺在没有放下窗幔的卧室里,果园和月亮整夜俯视着他。每当他睁开眼睛,向月亮望去的时候,就立刻像着了魔似的在心底呼唤着:"卡佳!"而且心情又是那么兴奋,那么痛苦,以致连他自己都觉得奇怪:月亮究竟有什么东西能使他联想起卡佳呢,可事实上却联想得起来,有东西联想得起来,而更使他诧异的是,那东西甚至是活灵活现地看得见的!但有的时候他却什么都看不见,对卡佳的渴念,对他俩在莫斯科时的种种事情的回忆,以那么强大的力量攫住了他的身心,使他像发热病似的浑身打战,祈求上帝——唉,有什么用呢,永远也不可能实现了!——让她同他待在一起,就待在这张床上,哪怕是在梦里。他想起冬天有一次他和她一起去大剧院观看索宾诺夫[1]和夏里亚宾[2]同台演出《浮士德》。不知为什么,这天晚上他觉得一切都特别令人神往:无论是在他俩身下张开大口的、明亮的、由于人多而显得闷热的、香气刺鼻的、如深渊一般的池座,无论是一层层坐满华装丽服的人的、用红丝绒装饰的、金碧辉煌的包厢,无论是一盏盏悬在这深渊之上、发出珍珠般光亮的巨大枝形吊灯,无论是在他俩身下远远的乐池里由乐队指挥舞动双臂指挥下演奏出来的一首首序曲的乐声,都使他觉得美不胜收。那乐曲时而声震屋宇,似魔鬼一般狰狞,时而又其声袅袅,无限温柔哀怨:"古时候,休利国[3]有个善良的国王……"[4]散戏后,米佳在严

---

[1] 列昂尼德·维塔利耶维奇·索宾诺夫(1872—1934),俄国著名抒情歌唱家、歌剧演员。1897年起在莫斯科大剧院与夏里亚宾合作演出。在《浮士德》中扮演浮士德。终老于莫斯科。
[2] 费奥多尔·伊凡诺维奇·夏里亚宾(1893—1938),俄国男低音歌唱家、歌剧演员。在大剧院上演的《浮士德》中扮演魔鬼。1922年流寓巴黎至死。
[3] 休利国是北海中一个小岛,公元前330年曾为航海者所发现,后失其所在,遂为传奇的国土。
[4] 此句出自歌德所著《浮士德·悲剧第一部·夕暮》章。全句为:"古时候,休利国有个善良的国王,终生不渝地信守着他忠贞的爱情。"

寒的月夜中,送卡佳回基斯洛夫卡街,那天夜里米佳在她身边逗留得特别久,由于千百次的亲吻也特别累,深夜离开时,带走了卡佳馈赠给他的一条缎带,这是她夜里用来结辫子的。而现在,在这些折磨人的五月之夜,他却已落到了每一想起这条缎带就要不寒而栗的地步。这条缎带此刻就躺在他书桌的抽屉里。

白天他却睡觉,醒来后便骑马到镇上去,火车站和邮局都设在那个镇上。天气一直挺好。也曾下过几阵小雨和雷雨,但雨一停,骄阳又破云而出,不懈地在果园、田野和树林里进行它那需要克期完成的紧急工作。果园虽然花期已过,花儿纷纷飘落,可是满园的果树却反而更其茁壮,更其浓密了。树林已淹没在繁花和榛莽之中,树林深处终日喧闹不绝,一刻不停地用夜莺和杜鹃的啼声召唤人们到它荫翳森森的腹地中去。田野早已不再裸露着身子,而由各式各样庄稼的华美的嫩芽密密地覆盖。于是米佳便整日整日地在树林和田野里消磨时光。

他觉得每天早晨都站在凉台上或者庭院当中眼巴巴地

等管家或者雇工从邮局回来，而结果又没有他的信，实在太不好意思。再说管家也好，雇工也好，也并不总是能抽出空来，骑马到八俄里外去取些无关紧要的邮件的。他便自己去邮局。可即使他自己去，每次也都只能带回一份奥勒尔的报纸或者阿尼雅和科斯佳的一封信。他的痛苦已到了饱和点。他策马走过的田野和树林总是炫耀着它们的美丽和幸福，深深地刺激着他，以致他觉得胸中有什么地方疼得厉害，而且还是一种肉体的疼痛。

有天薄暮时分，他从邮局回家时，穿过邻近一座荒废的庄园，原先这儿是个大花园，现在花园已同四周的桦树林连成一片了。他沿着假日大街按辔徐行，假日大街是农夫给这个庄园的主林荫道起的名字。两排巨大的黑云杉分立在道路两旁。道路宽宽的，很有气派，然而却透出一股阴森森的气息，路面上落了厚厚一层红褐色的光滑的针叶。这条长廊般的林荫道尽头是一幢破败了的古宅。夕阳已沉落到花园和树林的左边，把红彤彤的、干燥的、宁静的斜晖，穿过枝丫，投到这条长廊的基部，照耀着长廊铺满针叶的金黄色路面。笼罩着周遭的寂静是那么富有魔力——只有夜莺在花园各处婉转鸣唱——云杉的香气和古宅四周一丛丛茉莉花的香气是那么馥郁,米佳在这片天地中所体味到的幸福——那幸福是很久以前属于某个他所不认识的人的——是那么巨大,再加上突然间他又那么活灵活现地看到了在宽敞而破败的凉台上,在茉莉花丛中,赫然站着已成为他新妇的卡佳,以致他自己也觉察到他脸色骤变,成了死灰色,于是他以整条林荫道都能听见的声音斩钉截铁地讲道:

"要是一个礼拜后再没信来,我就开枪自杀!"

十七

第二天,他很迟才起床。午饭后他坐在凉台上,膝上摊开着一本书,眼睛望着盖有藏书章的书页,心里却在呆呆地想:"要不要去邮局?"

天气挺热,雪白的蝴蝶双双对对地在发烫的青草上,在像玻璃般亮晶晶的卫矛丛上,飞舞戏逐。他望着蝴蝶,可心里又在问自己:

"是去呢,还是从今以后再也不去干这种有损体面的事?"

这时管家骑着匹牡马由山下来到了宅第门口。他望了望凉台,便策马朝米佳走来。走到跟前时,他勒住马,说:

"早晨好!又在看书啦?"

随即微微一笑，环顾一下四周。

"您妈还在睡觉？"他轻声问道。

"我想，还在睡，"米佳回答，"有什么事？"

管家沉吟了一会儿，突然一本正经地说：

"少爷，虽说书是好东西，可干什么都得看时候。你干吗要像修士那样过日子？难道小娘们和大闺女还少？"

米佳没理睬他的话，把目光移到书上。

"你上哪儿去了？"他问道，没抬起眼睛。

"上邮局去了，"管家回答，"不消说，一封信也没有，只有一份报纸。"

"'不消说'是什么意思？你为什么要讲这话？"

"因为我知道信还在那儿写，到现在还没有写完。"管家不客气地讥讽说，对于米佳不接他的茬儿，很不高兴。"请拿去吧。"他一边讲，一边把一份报纸递给米佳，随即拍拍马，扬长而去。

"我要开枪自杀！"米佳想道，他已铁了心。眼睛虽然望着书，却一个字也没有看进去。

十八

米佳自己也不可能不懂得,世上最荒唐的事莫过于开枪自杀,打碎自己的头颅,骤然中止自己强有力的年轻的心脏的搏动,中止思维和感情,毁掉视觉和听觉,告别直到今天才全部展现在他面前的美好得难以形容的世界,于顷刻之间就永远丧失参与生活的一切可能,可是在生活里却有卡佳和正在来临的夏天,有碧空、白云、丽日、熏风、庄稼、村落、村姑、妈妈、庄园、阿尼雅、科斯佳和旧杂志中的诗篇,而在某个地方则还有塞瓦斯托波尔[1]、巴伊达

---

[1] 乌克兰克里米亚半岛港市,滨黑海。有海水浴场。

尔门[1],有遍地都是松林和山毛榉林的苍茫而炎热的重峦叠嶂,有白得耀眼、闷热异常的公路,有利瓦吉亚[2]和阿卢普卡[3]的花园,有发烫的沙滩横卧在水光潋滟的大海边,有晒得黑黝黝的孩子,晒得黑黝黝的游泳的人,而其中还有卡佳,穿着白色的连衫裙,撑着白色的阳伞,坐在海滩的卵石上,波光炫目的海浪舐吻着她的双足,唤起人们莫名的幸福感,使人们情不自禁地粲然微笑……

他虽然懂得自杀是愚蠢的,但是有什么办法呢?在他看来,世界好比一个樊笼,在这个樊笼内,越是美好的东西,就越使人痛苦,越使人受不了。然而他怎样才能逃出这个樊笼?再说又能逃到什么地方去呢?幸福遍于万汇之中,团团包围了他,唯独他所不可或缺的那一点儿幸福却无从获得。叫人难以忍受的正是这一点。

就拿他清晨醒来时的情况说吧,他看到的第一件东西

---

[1] 山隘隘口名,位于克里米亚半岛西南部克里米亚山岭的主要山脊上,有公路贯通巴依达尔盆地和黑海海滨,盆地内遍地是果园和葡萄园。
[2] 克里米亚半岛南海岸市镇,镇内有皇家花园,滨海有优良的海水浴场。
[3] 克里米亚半岛南岸疗养胜地,有海水浴场及葡萄疗养地。

是欢乐的太阳,听到的第一个声音是他从孩提时代起就已熟悉了的乡村教堂欢乐的晨钟声,那教堂就在披着露珠、洒满树影和日影的鸟语花香的果园后边;连墙上黄黄的壁纸也显得欢乐而亲切,这些纸早在他童年时代就已糊在那里了。但就在这一瞬间,一个念头既使他兴奋,又使他害怕地直刺他的心房:啊,卡佳!朝阳的光辉中闪耀着她青春的活力,果园的娇艳柔嫩取之于她的娇艳柔嫩,连喜气洋洋的、调皮的晨钟声中也充溢着她的美丽和秀逸。祖先在世时就已糊到墙上去的壁纸,要求她前来和米佳共沐故乡农村淳朴的古风,分享他的父辈和祖辈生于斯死于斯的这座庄园、这幢宅第中的生活。于是米佳猛地掀掉被子,跳下床来,只穿着件衬衫,敞开着领子,光着两条长腿,显得瘦瘦的,然而毕竟是健康的,年轻的,带着被窝里的暖气,连忙拉开写字台的抽屉,抓起那张珍藏的小照,贪婪地、疑虑重重地看着,呆呆地出神。她的全部魅力,全部妩媚,以及少女身上、妇人身上那一切难以解释的光艳照人、摄人魂魄的东西,全部反映在这张带有几分蛇一般狡狯的娇小的脸庞上，反映在她的发型里和她的略带挑衅而同时又天真烂漫的目光中！然而这明亮的目光却像谜一般难以猜度，保持着一种快活的缄默，怎么也不愿开口。试问，叫他上哪儿去撷取力量来经受住这种既那么亲切又那么疏远（何况现在岂止疏远，说不定已永远他属了）的目光，经受住这种曾向他表明活着是多么幸福，然而却又那么无耻和可怕地欺骗了他的目光？

那天薄暮时分，他骑马从邮局归家途中穿过沙霍夫斯科耶，穿过那座有黑压压的云杉林荫道的荒废了的古老庄园时，曾发出一声连他自己都料想不到的呼唤。这声呼唤充分表明他已心力交瘁到了极度的地步。当他在邮局窗口勒住马，从马鞍上望着邮差在一堆报纸和信件中徒劳地替他翻寻信件的时候，他听到身后响起火车进站的隆隆声。这隆隆声和机车喷出的烟味，勾起了他对库尔斯克车站和莫斯科的甜蜜的回忆，使他的心颤抖起来。后来他离开邮局，沿着镇上的街道策马行去时，惊讶地发现，凡是走在他前面的身材娇小的村姑，不论她们的身上还是她们双腿的动作中，都有某种卡佳的东西。他走到旷野上时，迎面疾驰而来一辆三驾马车，车上两顶女式帽子一晃而过，其中有一顶是姑娘家戴的，他差点儿失声叫出来："卡佳！"田埂上的白花于一瞬间使他联想起了卡佳的白手套，青青的木耳又使他联想起了她面纱的颜色……当他在残照下驱马走进沙霍夫斯科耶时，云杉干燥、甜蜜的香气和茉莉花的浓香，使他强烈地感到夏天已至。感到有个什么人在这座富饶、美丽的庄园内过着古老的夏日生活。于是他朝林荫道上泛着金光的红彤彤的夕晖望去，朝耸立在林荫道深处、抹着一层黄昏的阴影的宅第望去，突然看到卡佳已出落成一个充满勾魂摄魄的女性美的盛年妇女，正款款地步下凉台，向果园走去，他看见得那么清楚，几乎像他清清楚楚地看到这座宅第和茉莉花一样。他久已失去了对卡佳真人的概念，在他的想象中她一天比一天不凡，一天比一天娇媚，这样一直变化到这天黄昏，她的姿色达到了颠倒众生的程度，这使米佳比那天下午杜鹃冷不防在他头顶上鸣叫时更加吃惊。

十九

于是他不再去邮局,他的意志尽了最大、最坚决的努力,终于迫使他终止了这种奔波。他也不再写信了。因为凡是该试的都已试过,该写的都已写过:他曾一再执着地向她保证他爱她,像这样真挚的爱情世上还从未有过;他曾一再低声下气地恳求她给予他爱情,或者哪怕是"友谊";他还曾昧着良心骗她,说他病了,是横在病榻上给她写信的,目的是想哪怕能引起她对他的怜悯,对他多少体谅一点儿,他甚至还威胁地暗示她说,现在看来他只剩下一条路好走,那就是离开人世,使卡佳和他的"幸福得多的情敌们"得以摆脱他。他不再写信,不再企盼回音,竭尽全力迫使自己不去期待任何信来

（可心底里毕竟还是抱着一线希望：只消他逼真地装出心如古井，不再痴情于她的样子来，把命运之神骗过，或者真的达到了心如古井的境界，那时信倒会来的）。他想方设法不去思念卡佳，费尽心机地去寻找能从她手里解脱出来的办法，他重又信手拿过书来就看，重又同管家一起到邻近各乡去处理农务，不断在心底里给自己鼓气：反正是这么回事了，听天由命吧！

有天他同管家一起乘一辆双轮板车从一个田庄回家，跟平常一样，他们把车赶得像飞一般快。两人都骑坐在车上，管家在前——他驾车——米佳在后，车子颠得厉害，不时把他们两人特别是米佳抛起来。米佳紧紧地抓牢坐垫，一会儿望着管家红彤彤的后脑勺，一会儿望着在他眼前跳动不已的田野。快近宅第时，管家放下缰绳，任马一步步向前走去，动手卷起烟来，同时对着打开的烟荷包微笑着，说：

"少爷，您那天生我的气没道理。难道我讲得不在理？书是好东西，所以吃喝玩乐的时候就不该读书。反正书又不会长翅膀飞走。干什么都得有个时候。"

米佳脸涨得通红,装出一副老实相来,难为情地笑着,脱口回答了一句他自己也没料到的话:

"可是没有中意的人……"

"怎么会呢?"管家说,"那么多小媳妇大闺女没一个中意的!"

"大闺女只晓得飞眼。"米佳回答说,竭力学管家的那种语气。

"大闺女是指望不了的。"

"哪会只晓得飞眼,怕是您不晓得怎么对付她们,"管家已经用一种教训的口气跟他说,"再说您又舍不得花钱。干巴巴的调羹要碰痛嘴的,没点油水不行。"

"我才不会舍不得花钱,只消把事情办妥,保证能到手,花多少钱都行。"米佳回答说,一下子变得不知羞耻了。

"只要您舍得花,包在我身上。"管家吸了口烟说。接着,他仿佛有几分委屈地讲道:"我可不是贪图您那一个卢布,不是贪图您的赏钱,我是想让您开开心。我早就看出来了:少东家害了相思病!我思忖,不行,不能让他这样下去。我对主子一向是关心的。我来你们家干事已经第二个年头了,谢天谢地,无论您也好,太太也好,还没说过我一句不是。比方拿东家的牲口来说吧,换了旁人,东家的牲口关他们什么事?牲口吃饱了——很好,没吃饱——管它的呢。我可不是这样。我把牲口看得比什么都重。我总是跟伙计们说:你们怎么对待我,随你们高兴,可是我那些牲口,非得喂饱不可!"

米佳已经在想管家准是喝醉了,可管家突然掉过头来,若有所询地瞥了米佳一眼,改变了刚才那种抱屈的表白的口吻,迅速地说道:

"阿莲卡有哪点儿不棒?这小娘们又中看,又中吃,年纪轻,男人在矿上……不过,当然啰,多少得给她点儿钱。在这桩事上,您全部花销,统统在内,我看五个卢布就绰绰有余了。请她吃一顿,花一个卢布就差不离了。两个卢布交到她手里。还有我嘛,随便给点儿喜钱,多少都行……"

"这种事我不会舍不得花钱的，"米佳又一次不由自主地回答说，"不过你说的是哪个阿莲卡呀？"

"那还用说，当然是护林员家的那个，"管家讲道，"您难道不认识她？是那个新来的护林员的儿媳妇。我想，您上礼拜天在教堂里见到过她的……我当时心里思忖：介绍给我们家少爷倒是匹配！出嫁了才一年多一点儿，而且挺爱干净……"

"行呀，"米佳笑嘻嘻地回答说，"你就去办吧。"

"那我就抓紧去办，"管家一边说，一边拿起了缰绳，"我就在这几天里去探探她口气。您自己也别睡大觉，上点劲儿。明儿她跟姑娘们一起上咱们家来修果园的围墙，您也上果园里来……至于那些书本子嘛，怎么也不会长翅膀飞走的，再说您回莫斯科后还怕念不够……"

马又撒腿奔跑起来，板车又开始颠来晃去。米佳紧紧抓牢坐垫，竭力不去看管家红彤彤的粗脖子，而是透过自己家果园内的树木，透过坐落在岸坡上、同岸边的牧场毗连的那个村庄的柳丝,眺望着远方。这件出乎意料的、荒唐的、粗俗的,使人周身都觉得发冷、困倦的事,已办成一半了。在果园的树梢后边耸立着教堂的钟楼,顶上的十字架在夕照下闪闪发光,这座钟楼他从孩提时代起就已熟悉,可此刻不知怎的,却觉得它那高耸挺立的样子跟往日不同了。

二十

出于米佳长得干瘦,村姑都管他叫灵猩。他属于这样一种血统的人:眼珠乌黑如墨,仿佛整天都在瞪着眼,无论嘴唇上还是两腮上,即使成年之后,也不长胡子,只是稀稀拉拉长出几根又鬈又硬的毛。可是在跟管家谈话后的次日,他一早修了面,换了件黄色的丝衬衫,他那疲惫、瘦削、似乎中了邪的脸,竟显得异样的容光焕发和漂亮。

十点多钟的时候,他慢悠悠地朝果园走去,竭力做出一副由于百无聊赖而出来散散步的样子。

他走下朝北的正门台阶。在北边的马车棚和牲畜栏的屋顶上空,在背后耸立着钟楼的那部分果园上空,蒙着一大片黑压压的烟雾。不仅如此，到处都显得灰蒙蒙的，空气中弥漫着下房烟囱里冒出来的黑烟和气味。米佳转身绕过宅第，朝菩提树林荫道走去，眺望着果园的树梢和天空。一片片乌云从东南方朝果园后边飘去，从乌云下拂来一阵阵灼热的微风。小鸟都不叫了，连夜莺也缄默不语。只有无数的蜜蜂采好了蜜，无声地飞过果园。

村姑们又是在那排云杉旁边干活。她们在整修围墙，用泥土和冒着热气的、并不难闻的牲口粪，填没围墙上被牲畜踩出来的一道道缺口。牲口粪是由雇工穿过林荫道从牲畜栏内用车子装来的，隔一会儿就运来一车，林荫道上到处撒满了一摊摊湿漉漉的发亮的畜粪。村姑一共六人。索尼卡已经不在其中，她到底还是被嫁了出去，因此待在家里，准备婚事。村姑中有三个还完完全全是小妞儿，另外三个，一个是长得挺富态的阿纽特卡，很有几分姿色；一个是格拉什卡，她仿佛比以前更严肃，更男子气了；还有一个——就是阿莲卡。米佳从树木中间一看到她，便立刻知道这就是阿莲卡，虽说过去从未见到过她。就在这时，有样东西像闪电般猛地击中了他，刺眼地投入他眼帘，那便是在阿莲卡身上有某种跟卡佳一模一样的地方（或许仅仅是他的错觉）。这使他惊愕万分，连脚步都停了下来，一刹那间不知所措。后来，他毅然决然地径直朝她走去，两眼死命地盯着她。

她也长得娇小玲珑。尽管她是来干脏活的，可是却穿着一件考究的（白底上撒红花的）印花布上衣，腰间束着一条黑色漆皮腰带，下身是一条同样颜色的印花布裙子，头上包着一条玫瑰红的丝头巾，脚上穿一双大红羊毛长筒袜，外边套一双黑色软底麻鞋。那双麻鞋上（或者更确切点说，她那双纤小的脚上）也有某种卡佳式的东西，也就是说，一种既是妇人的，却又有几分少女气质的东西。她的头也同卡佳一样小巧，深色的双眸也同卡佳一样顾盼生姿，连眼睛的位置也几乎同卡佳一样。米佳走近时，只有她一个人不在干活，仿佛已觉察到自己的地位较之旁人有某种特殊之处。她站在围墙上，右脚搁在一根长把铁叉上，正在同管家交谈。管家用两肘支起身子，半躺在苹果树下他自己的上衣上面（上衣的衬里已经破了），抽着烟。米佳走到他跟前，他客气地把自己的身子挪到草地上，把上衣让给米佳坐。

"请坐，米特里·帕雷奇[1]，请抽烟！"他亲热而又随便地说。

米佳偷偷地朝阿莲卡溜了一眼——她的脸在玫瑰红的头巾衬托下，显得漂亮极了——随后坐下来，沉倒眼睛，开始抽烟（他在冬春两季，曾多次戒烟，可现在又抽起来了）。阿莲卡甚至都没有向他点个头，仿佛没看见他似的。管家继续跟她谈着什么，米佳因为不曾听到他们前面讲些什么，所以摸不着头脑。她吃吃地笑着，然而这种笑声却说明她的脑子和心都不在笑声里。管家在每一句话里都以轻薄和嘲弄的口气嵌进一些猥亵的暗示。她回答管家时，口气轻佻，同样也语含嘲弄，暗示管家在打某个女人的主意，可是做得不高明，太猴急，太放

---

[1] 这是米佳的正名和父称，系一种表示尊敬的称呼。

肆，而同时又胆小如鼠，生怕老婆知道。

"得啦，我说不过你。"管家说道，终于不再斗嘴，仿佛对于这样磨嘴皮子已经感到厌烦了，"你还是跟我们一块儿坐坐吧。少爷有话要跟你讲。"

阿莲卡却把眼睛望着别处，抬起手来将一圈圈鬈发塞进头巾，身子仍站在原地没动。

"喂，过来呀，傻娘们！"管家讲道。

阿莲卡稍稍犹豫了一会儿，突然轻盈地跳下围墙，跑到离躺在上衣上的米佳两步远的地方，蹲了下来，用分得挺开的乌溜溜的眼睛快活而好奇地打量着他的脸。后来，她咯咯地笑着，问道：

"少爷，您现在真的没有相好？就跟教堂的诵经士那么过日子？"

"你怎么知道人家没相好？"管家问。

"当然知道，"阿莲卡讲，"我听说了。不，人家不能找相好。人家在莫斯科有了。"她突然丢了个眼风，说。

"人家找不到中意的，所以宁愿打光棍，"管家回答，

"你对人家的事那么摸底!"

"怎么会找不到?"阿莲卡咯咯地笑着说,"小媳妇大闺女还少吗!就拿阿纽特卡说吧,有哪点儿不棒?阿纽特卡,过来,有事儿!"她声音响亮地喊道。

阿纽特卡的背部宽宽的,软软的,手挺短;她掉过脸来——她的脸挺好看,笑容也显得厚道,招人喜欢——用悦耳的嗓音喊着回答了句什么,又掉回头去,干得更卖力了。

"跟你说,过来!"阿莲卡又喊道,声音更响了。

"我才不过来呢,我可没学过干这种事。"阿纽特卡愉快地像唱歌般地回答说。

"我们不需要阿纽特卡,我们要的人得干净些,上品些,"管家用教训的口气说,"我们自己知道要什么样的人。"

说罢,极其露骨地瞥了阿莲卡一眼。她有点窘了,脸上泛起淡淡一层红晕。

"不对,不对,不对,"她回答说,强笑着掩饰自己的窘态,"比阿纽特卡还要好的你们点着灯笼也别想找到。你们不想要阿纽特卡,那就找娜斯季卡,她也挺讲干净,还在城里住过……"

"够了,给我住口!"管家出人意料地粗声喝道,"干你的活儿去,胡扯得够了。太太本来就在骂我,说我不叫你们好好干活,净让你们讲些不正经的事儿……"

阿莲卡跳起身来,重又以那种罕见的轻盈抓起了铁叉,可这时,雇工倒下了最后一车粪,嚷了一声:"吃饭啦!"便扯动缰绳,空车沿着林荫道往坡下驶去,车身颠得嘎嘎直响。

"吃饭啦,吃饭啦!"村姑们也纷纷喊着,撂下铁叉或铁锹,有的跳过围墙,有的跳下围墙,有的光着脚,有的穿着袜子(各种颜色的袜子都有),跑到云杉树下去拿各自的食品包。

管家斜睨着米佳,向他眨了眨眼,表示事情有门了,然后站起身来,打着官腔同意说:

"好吧,吃饭就吃饭吧……"

在黑压压的一排云杉树下，村姑们的衣服更显得花花绿绿。她们也不挑拣地方，就高高兴兴地在草地上坐了下来，解开小包裹，拿出薄饼，放在伸得笔直的两腿间的裙裾上，有的就着一瓶牛奶，有的就着一瓶克瓦斯，吃了起来，一边继续喊喊喳喳地讲着话，每讲一个字就哈哈大笑，时不时用好奇和挑衅的目光瞥米佳一眼。阿莲卡凑在阿纽特卡耳边，给她悄声地说着什么。阿纽特卡忍不住迷人地微笑起来，死命把她推开（阿莲卡笑得喘不过气来，把脑袋扑到了自己的膝盖上），装出气呼呼的样子，用银铃似的嗓音高声讲道，响得震动了整排云杉树：

"傻婆娘！无缘无故地哈哈哈哈笑什么？有什么好乐的？"

"走吧，米特里·帕雷奇，别惹出一肚子气来，"管家说，"鬼知道她们在闹些什么名堂！"

二十一

第二天果园里没人干活,因为是假日,礼拜天。

礼拜六夜里下过一场大雨,雨水打在屋顶上发出哗哗的喧声,果园时时被苍白而空明的闪电照亮,宛如在神话世界中一般。破晓时天又转晴了,一切重又返回凡间,呈现出融融乐乐的风光。而米佳呢,也被钟楼上充满阳光的悠扬的钟声唤醒了。

他不慌不忙地漱洗、穿衣,喝了一杯茶,然后准备去望弥撒。"妈妈早就去了,"帕拉莎亲热地责备他说,"可你却像个鞑靼人[1]似的……"

---

[1] 此处鞑靼人系转义词,意指不文明、不信奉上帝的人。

去教堂有两条路：一条是由庄园的大门出去，往右拐，走牧场；一条是沿主林荫道，出果园，往左拐，走果园和牧场间的那条大路。米佳朝果园走去，他想走那条大路。

完全是一派夏日景象了。米佳沿着林荫道，径直迎着正在晒烤着打麦场和田野的旭日走去。尽管米佳昨夜又是百感交集，通宵失眠，可是这阳光和钟声是那么舒适、那么和谐地同他以及这个乡村的早晨交融在一起，加上他又刚刚洗过脸，梳好了湿漉漉的光滑乌黑的头发，戴着顶大学生制帽，所以他突然觉得一切都是那么美好，骤然产生了一股强烈的希望，希望能幸福地解除他的一切痛苦，希望能摆脱这一切痛苦，获得拯救。钟楼上钟声荡漾，发出一声声召唤；前面打麦场上辉耀着强烈的日光；一只啄木鸟竖直冠毛，在菩提树的一根疖疖疤疤的树枝上停了一会儿，随后迅速地沿着树枝向满是朝晖的翠绿的树冠跑去；在旷地上和已经晒着阳光的地方，颜色像紫红色丝绒似的丸花蜂专心地在花丛中采蜜；小鸟甜蜜的无忧无虑的啁啾声响彻整个果园……这一切是当初在孩提时代、少年时代无数次地见到过的,他历历在目地忆起了往昔那美好的、无忧无虑的时光,突然间产生了信心:上帝是慈悲的,说不定没有卡佳也照样能在世上活下去。

"真格的,我何不去麦谢尔斯基家串串门呢?"米佳突然想到。可就在这时他抬起了眼睛,看到在离他二十步开外的地方,阿莲卡正巧走过果园的大门。她还是包着那方玫瑰红的丝头巾,穿一身漂亮的淡蓝色花边连衫裙和一双新皮鞋,鞋跟上钉有铁掌。她扭动着臀部,快步走着,没有看到他,他连忙向旁边一闪,躲到树背后去。

看她走过后,他急忙折回宅第,心突突地跳着。他突然意识到,他去教堂怀有隐秘的目的,是想去看她一眼的,然而到教堂里去看她是不作兴的,罪过的。

二十二

　　吃午饭时，邮差从车站送来了一份电报——是阿尼雅和科斯佳拍来的。说他们将于明晚回来。米佳对于这件事完全无动于衷。午饭后，他躺到凉台上的藤躺椅上，仰面朝天，合上了眼睛，沐浴着照到凉台上的灼热的阳光，谛听着夏天苍蝇的营营声。心在颤抖，脑子里一直在想着那个没有解决的问题：跟阿莲卡的事下一步怎么进行？什么时候才能办成？为什么管家昨天不开门见山地问她肯不肯，如果肯的话，在什么地方相会，什么时候相会？同时还有另外一个问题也在折磨着他：虽说他已经决心不再去邮局了，难道就不可以变通一下？今天是不是再去一次，最后的一次？但会不会又一次徒然地嘲弄自己的自尊心呢?这种可怜的希望会不会又一次徒然地使自己苦恼呢?然而时至今日,即使去趟邮局(其实等于去散次步)又能增加他多少苦恼呢?可是他难道到现在还不明白,在那边,在莫斯科,对他来说,一切已经完全结束,再无挽回的余地?总之,时至今日,他还有什么可丢失的呢?

"少爷!"蓦地里,有个人在凉台旁轻声唤他。"少爷,您睡着了吗?"

米佳立刻睁开眼睛。原来是管家,他穿着件新印花布衬衫,戴着新便帽,喜形于色,吃得胖胖的脸上微微有点睡意和醉态。

"少爷,快,咱们上森林里去,"他压低声音说,"我跟太太讲过了,我得去找特里丰谈养蜂的事。趁太太这会儿在睡午觉,咱们快走,要不醒了过来,又会改变主意,派我去干别的事的……咱们带点什么去请特里丰吃,把他给灌醉,您拖住他讲话,我呢,趁此机会,偷偷找阿莲卡谈谈,说动她的心。您快出来吧,我已经套好车了……"

米佳跳起身来,跑过仆人室,抓起帽子就快步朝马车棚走去。那里,一匹年轻、烈性的牝马已套好在板车上了。

二十三

小牝马一起步就像阵旋风似的驰出大门。他们在教堂对面的小铺旁停了一会儿,买了磅腌肥肉和一瓶伏特加,随即又风驰电掣般朝前驶去。

已来到村口那幢农舍跟前,打扮得漂漂亮亮的阿纽特卡正无聊地站在门口张望。管家开玩笑地朝她喊了句什么粗话,随即带着三分醉意,毫无必要地逞起勇来,恶狠狠地勒紧缰绳,用它抽打着小牝马的臀部。小牝马跑得更快了。

米佳颠得坐不稳,死命抓住了车帮。太阳舒适地烤着他的后脑勺,田野的热气暖烘烘地迎面扑来,散发出一阵阵已经扬花的黑麦、尘土和车轱辘润滑油的气息。黑麦微微泛起像珍兽的皮毛似的银灰色波浪，向后退去；在麦田上空，云雀时不时打着旋，唱着歌，斜飞着掠过麦田，然后又飞落下来；前方很远的地方，隐隐现出绿得十分柔和的森林……

一刻钟以后，他们已进入森林，仍然以原来的速度在林间的车道上疾驰，一路上不时撞着树桩和树根。这车道叫人看着也喜欢，路面上日影斑驳，路两旁茂草深深，开满了野花。阿莲卡穿件淡蓝色的连衣裙和一双半高筒靴，伸直双腿，坐在守林人小屋旁边枝叶繁茂的小橡树丛里刺绣。管家扬起鞭子吓唬了她一下，驾着车飞快地驶过她身旁，在木屋门口猛地停了下来。林中橡树嫩叶的苦涩的清香好闻得使米佳感到诧异。一群小狗围住板车狺狺吠叫，满林子响起了回声，震得米佳耳朵发聋。这群小狗用各种声调狂怒地吠着，可它们毛茸茸的脸却挺和气，而且还摇着尾巴。

他俩爬下车来，把小牝马拴牢在窗下一棵因遭到雷击而枯死了的树上，然后穿过黑洞洞的门厅，走进屋里。

守林人的小屋非常整洁,非常舒适,也非常狭小,屋里有两扇小窗,阳光从树木后面穿过小窗直射进屋里,所以挺热,再加上早晨又生炉子烤过面包,就更热了。阿莲卡的婆婆费多西娅是个干净、端庄的老妇人,此刻正坐在桌旁,背朝着爬有好些小苍蝇的照满阳光的窗子。一看到少东家,她连忙站起来,深深鞠了一躬。他俩向她问好后,坐到凳子上,吸起烟来。

"特里丰在哪儿?"管家问。

"在贮藏间里歇着呢,"费多西娅说,"我这就去叫他。"

"有门啦!"管家等她刚一出去,就朝米佳眨了眨两只眼睛,耳语说。

可是米佳直到此刻并未看到一丝迹象表明已经有门。他此刻只是窘得无地自容,觉得费多西娅已经完全猜出他们的来意。三天来一直有个念头使他惶恐不安,此刻这个念头又掠过他脑际:"我这是在干什么呀?我发疯了不成!"他觉得自己成了梦游病患者,正身不由己地听任某种外力的摆布,越来越快地朝一个致命的、然而却无法回避的深渊走去。但是他竭力装得若无其事，坐在那里抽烟，打量着这幢小屋。最使他感到羞愧的是，他想到特里丰马上就要进屋来了，听人说这是个厉害而又聪明的庄稼汉，准会比费多西娅更清楚地一眼就看穿他打的什么主意。可同时，又闪过一个念头："阿莲卡她晚上睡在哪儿？在这儿的板床上还是贮藏间里？"他想：不用说，睡在贮藏间里。森林中的夏夜，贮藏间的小窗既无窗框又无玻璃，通宵都可听到树林睡意蒙眬的絮语，而她却沉沉睡着……

二十四

　　特里丰走进屋来时,也向米佳深深地鞠了一躬,但是一声不吭,连正眼都不看他一下,后来他坐到桌子跟前的长凳上,干巴巴地、很不友好地问管家,来找他有什么贵干?管家连忙回答他说,是太太派他来的,太太想劳驾特里丰去看看她家的养蜂场,她家的养蜂人是个老糊涂,简直没治了,可他特里丰却是养蜂的老手,又能干又在行,全省不定就数他最能了。他一面说,一面忙不迭从一边的裤兜里掏出一瓶伏特加,又从另一边的裤兜里掏出那包腌肥肉,包腌肥肉的灰色的粗纸已浸透了油。特里丰冷冷地、嘲讽地斜睨了这些东西一眼,可还是站起身来,从搁板上拿下一只茶杯。管家先给米佳斟了杯酒,然后给特里丰斟,又给费多西娅斟(她津津有味地将一杯酒喝得点滴不剩),最后才给自己斟。管家喝光后,一边嚼着面包,一边鼓大鼻孔,立刻又给大家斟第二杯。

特里丰很快就醉了,但是并未改变那种冷冰冰的、不友好的嘲讽态度。管家喝完第二杯酒后,已醉眼迷离,神志都不大清了。他跟特里丰交谈着,表面上虽然客客气气,可两人的眼睛里都流露出疑虑和憎恨的神色。费多西娅坐在一旁看着,一声不吭,样子虽然挺客气,可显然也感到不满。阿莲卡没有露面。米佳已不再巴望她会进屋来,而且清楚地意识到,在现在这种情况下,即使她来了,还指望管家能偷偷"说动她的心",未免太愚蠢了,于是他站起身来,铁板着脸说,该走了。

"待会儿,待会儿,忙什么!"管家蹙紧眉头,放肆地说,"我还有句悄悄话要跟您讲哩。"

"那你就在路上讲吧,"米佳委婉地说,但脸板得更厉害了,"咱们走。"

可是管家却拍了一下桌子,叫人摸不着头脑地醉醺醺地说:"您听着,这话是不作兴在路上讲的!走,跟我一块儿出去一下……"

说罢,跌跌撞撞地站起来,打开了通门厅的门。

米佳跟着他走了出去。

"说吧,什么事儿?"

"您别讲!"管家摇摇晃晃地走过去把米佳身后的门关上,神秘地压低声音说。

"什么事别讲?"

"您别讲!"

"我不懂你的意思。"

"您别讲,什么也别讲!咱们的事儿眼看就要成功啦!包在我身上!"

米佳推开他,走出门厅,在门口停了下来,拿不定主意:是再等他一会儿走呢,还是他一个人先走,或者干脆步行回去?

离他十步开外是苍翠的密林,现在已被暮色所遮蔽,因此益发显得清新、洁净和美丽。洁净的残阳已经落到密林的树梢后面,把一束束泛红的金光透过树梢投射到地上。突然,在森林深处,他觉得是在很远的地方,是在森林的另一头,在沟壑的后边,响起了女人的一阵阵银铃般的声音,这声音是那么诱人,那么令人神往,只有在森林里,在夏日的落霞中才能如此。

"啊呜!"那女人曼声地呼唤着,看来是要激起树林的回声,借以取乐。"啊呜!"

米佳跳下门槛,踩着野花和青草向密林中奔去。前面是一道巉岩嶙峋的沟壑,树木沿着沟壑往下生长。阿莲卡正站在壑底,嘴里嚼着一根黄花九轮草。米佳跑到峭壁边,停了下来。她立刻诧异地仰起头来望着他。

"你在这儿干吗?"米佳轻声问她。

"找我们家的玛鲁西卡和母牛。有什么事?"她也轻声地问他。

"怎么样,你肯来吗?"

"我干吗要白来呢?"她说。

"谁跟你说过白来的?"米佳已经把声音压低得几乎

耳语似的反问,"这个你放心好了。"

"那么什么时候?"阿莲卡问。

"就明天吧……你几点钟能来?"

阿莲卡想了想。

"我明天要回娘家去剪羊毛,"她沉默了一会儿,谨慎地观察着米佳身后小山包上的树林子,说道,"天一擦黑,我就来。可上哪儿去呢?打麦场不行,别叫什么人撞着了……还是你们家果园谷地里的那个窝棚好,您看怎么样?不过话讲在前面,您可不能骗我。叫我白来我可不干……这儿可不是莫斯科,"她用充满笑意的目光从睫底望着他说,"听说,那儿是娘们倒贴的……"

二十五

他们回家时的情况真是狼狈不堪。

特里丰不愿欠下这份人情，也拿出了瓶酒来请客，管家醉得都没法好好地坐上板车，而是一个狗吃屎扑到车上，小牝马受了惊，往前一蹿，差点自个儿撒腿跑起来。但米佳没有作声，无动于衷地望着管家，耐心地等他坐好。管家又怀着莫名其妙的狂怒撵着马。米佳一声不吭，牢牢地抓住车帮，眺望着暮烟四合的天空和在他面前迅速地颤动着、跳跃着的田野。在田野上空，云雀正在趁太阳落山前，唱完它们温柔的歌子；在东半角上，天色越来越青，已经快黑下来了，在那边很远的地方，不时打着宁静的闪电，但绝不是说要下雨，而只是预示明天将是大晴天。这幅黄昏的美景，米佳是完全懂得欣赏的，可此刻他无暇及此。他的脑子里，他的心里，只想着一件事：明天黄昏！

家里有个消息在等他：收到了阿尼雅和科斯佳的信，确切地通知说，他俩乘明天傍晚的那班车到达。他吓了一大跳，这可怎么办，明天他俩到了以后，趁天还没黑，上果园去跑跑，万一跑到了谷地，跑到了窝棚里……但转念一想又释然了，从车站把他俩接到家里不会早于九点，而后还要给他们吃饭，喝茶……

"你去接他们吗？"奥尔加·彼得罗芙娜问。

他感觉到自己脸色发白了。

"不，我琢磨……我不怎么想去……再说也坐不下……"

"那没关系，你可以骑马嘛……"

"噢，不了，我不知道……其实，我有什么必要去接？至少现在我还不打算去……"

奥尔加·彼得罗芙娜注意地盯着他。

"你人舒服吗？"

"舒服极了，"米佳近乎粗声粗气地回答说，"我只是困得要命……"

说罢转身就回到自己的卧室里，摸黑躺到沙发上，衣服也没脱，就沉沉睡着了。

半夜里，他听到从远处传来旋律缓慢的音乐声，发现自己正悬在一个光线朦胧的巨大的深渊上。深渊渐渐亮起来，变得越来越深不可测，越来越金碧辉煌，越来越人头攒动，后来非常清晰地听到了无限哀怨的如泣似诉的歌声："古时候，休利国有个善良的国王……"他感动得打了个寒战，翻了个身，又沉沉睡着了。

二十六

这天白昼似乎是没有尽头的。

米佳像个泥塑木雕的人那样去喝茶,去吃午饭,然后重又回到自己屋里,重又躺下来,从书桌上拿过那本已撂在那里很久的佩谢姆斯基[1]的集子,看了起来,可是一个字也没看懂,便久久地望着天花板出神,听着窗下浴满阳光的果园里夏日的那种和谐、柔滑的喧声……后来,他起来了一下,到藏书间去换本书。但是一走进这间古色古香的、恬静的、从一扇窗中可以看到那棵宝贵的槭树,从另外几扇窗里可以看到阳光灿烂的西半天的

---

[1] 阿历克赛·费奥菲奥克托维奇·佩谢姆斯基(1820—1881),俄国小说家,多写农村生活。

迷人至深的房间，他立刻痛心地回忆起了他坐在其中翻阅旧杂志上的诗篇的那些春光明媚的日子（如今这已成为无限遥远的事了），并觉得这间屋子是属于卡佳的。于是转过身子，往回就走。"见鬼去吧！"他愤愤地想道，"这种诗意的、悲剧式的爱情，给我见鬼去吧！"

他想起他曾经打算过，倘若卡佳不来信，他就开枪自杀，他为自己曾有过这样的打算感到气愤，于是又躺下来，重新拿起佩谢姆斯基的书来看，可仍然什么也没有看懂。有时候，眼睛望着书，心却在惦着阿莲卡，周身上下由于腹中越来越厉害的颤抖也开始颤抖起来。离黄昏越近，颤抖得越频繁。宅第中的说话声和脚步声、院子里的说话声（已经在忙着套车去车站了），越来越好像是在病中听到的；人在病中，卧床不起，而周围的日常生活却对你漠然置之，照旧像往日那样进行，你就会觉得那日常生活是异己的，甚至是敌对的。帕拉莎终于在什么地方高声喊道："太太，马套好了！"接着响起了马铃铛干巴巴的低沉的叮当声，然后是嘚嘚的马蹄声和四轮马车驶至台阶前的辚辚声……"唉,还有个完没有!"米佳等家里人走已经等得不耐烦了,情不自禁地咕哝道,但身子却没有动,竖直耳朵听着奥尔加·彼得罗芙娜临行前在仆人室里叮咛帕拉莎要做些什么。突然,马铃铛又低沉地响了起来,后来这铃声同往山下驶去的马车的辚辚声渐渐融合在一起,终于沉寂了……

米佳连忙站起来,走到大厅里。大厅里空荡荡的,满室微微泛黄的夕晖,显得很亮。整个宅第也都是空荡荡的,而且不知怎的,空得有点异样,令人骇然!米佳怀着一种异样的、仿佛是诀别的心情,将目光移过一间间敞开着房门、阒无一人的房间:客厅、起居室、藏书间。从藏书间的一扇窗户中,可以望到南方暮色苍茫的天陲、槭树苍润华滋的树冠和高悬在槭树上空的玫瑰红的天蝎座 α 星……然后又朝仆人室里瞥了一眼,看看帕拉莎在不在里边。当他确定那里也没有人时,便从衣架上拿下帽子,飞奔回卧室,跳上窗台,把两条长腿远远地伸到花坛上。在花坛上,他一动不动站了一会儿,随后就猫着腰,向果园奔去,一眨眼工夫就闪到了两旁密密麻麻长满相思树丛和丁香树丛的荒僻的林荫支道上。

二十七

由于还没有下露水,傍晚果园里的香气并不特别馥郁。可是这天傍晚,尽管米佳的一切行动都是无意识的,恍恍惚惚的,却仍然觉得他有生以来(也许除了幼年时代)还从未见到过果园散发出像此刻这么强烈,这么多彩的香气。一切都是香的:相思树丛、丁香的叶子、醋栗的叶子、牛蒡、苦艾、野花、小草、泥土……

米佳快步走着,惴惴不安地想道:"要是她哄我,不来呢?"这会儿他认为他的整个生命都维系于阿莲卡来还是不来上。走了没几步,他闻出在花草树木的芳香中还夹杂着不知从哪儿飘来的村里晚炊的烟味,便又一次停下来,往回瞥了一眼:有只黄昏时出来的甲虫,正在他身旁什么地方缓缓地飞着，发出嗡嗡的声音，仿佛是在散播着寂静、安宁和暮色，然而天光仍然是明亮的，因为初夏的晚霞将它那久久不愿熄灭的柔和的余晖照亮了半个天空，枝叶扶疏的树木中间影影绰绰地露出宅第的屋顶，屋顶上空高高地挂着像镰刀一般弯曲、锋利的月牙，在空旷透明的穹苍中发出幽幽的光亮。米佳望了月牙一眼，迅速地、幅度很小地在心口画了个十字，便跨步走进相思树丛。这条支道虽是通到谷地的，却不通窝棚，窝棚在尽左边，得打斜刺里穿过去。米佳在低矮而又长长的枝丫间奔跑着，不时伛下身子避开树枝，或者把树枝推开。不一会儿他已到约会的地点。

他胆战心惊地钻进昏暗的窝棚，一股干草的霉味扑鼻而来，他睁大眼睛环顾了棚内一周，几乎怀着一种如释重负的心情断定里边还没有人。但是那个在劫难逃的时刻已经迫近，他站在窝棚附近，周身的感官都处于一种极度紧张和敏锐的状态。今天一天，他的肉体几乎没有一刻不是特别亢奋的。现在这种亢奋状态已达到极点。但是说也奇怪，无论白天还是现在，这种亢奋都是独立存在的，未曾渗透他的整个身心，仅仅主宰了他的肉体，并未触及他的心灵。但是心脏却跳动得很厉害。而此刻周遭又静得出奇，以致他只听见一种声音——自己的心跳声。无数温柔的、颜色素淡的小蝴蝶，绕着枝头和苹果树灰色的叶子回旋飞舞，苹果树在黄昏的天空中勾勒出各式各样的花纹，使人觉得周遭寂静的氛围因这些小蝴蝶而变得更静了，仿佛正是小蝴蝶用魔法镇住了这寂静。蓦地里，他身后有什么东西咔嚓一响——这声音好似一声惊雷吓了他一大跳。他猛地转过身去，朝围墙前的那排树木望去，只见苹果树的枝丫下面有个什么黑乎乎的东西正朝他移过来。但是还没等他看清究竟是什么，这黑乎乎的东西已跑到他跟前，做了一个大幅度的动作——原来是阿莲卡。

她往后一仰，把蒙着脑袋的家织黑毛短裙的裙裾放了下来，于是他看到了她那惊慌的但是却在粲然微笑着的脸。她赤着双脚，下身只束一条短裙，上身穿一件普通的本色粗布衬衣，衬衣的下摆掖在裙子里。衬衫里边耸起着少女般的胸脯。衣领的叉开得很大,袒露出了她的颈项和一部分肩胛,袖子卷到肘部上边,裸露出丰腴的小臂。她身上的一切,从她小巧的头部,到那双既是女人的而同时又是孩子的纤美的赤足,无不显得美好、玲珑、迷人。米佳过去只见到她浓妆艳抹,今天第一回看到她家常打扮后的魅力,不由得打心底里赞叹不已。

"好,快点儿吧。"她偷偷摸摸地、快活地耳语说,掉过头去张望了一下,便溜进窝棚,隐入那片发出浓郁的气味的昏暗之中。

她在窝棚里停下来。米佳咬紧了抖得咯咯作响的牙齿,急忙把一只手伸进裤兜——由于紧张,他的双腿硬得像铁棍一样——掏出一张揉皱了的五卢布钞票,塞到她手里。她利索地把钞票藏到怀里,坐到了地上。米佳坐到她身边,搂住了她的脖子,却不知道下一步该怎么办:应不应当吻她?她的头巾和头发的气息、周身上下的葱味,以及羼杂其中的农舍和炊烟的气味,是那么好闻,使米佳的头都晕了,米佳明白和感觉到了自己何以会如此神魂颠倒。然而和早先一样：肉欲可怕的力量并未升华为心灵的渴求，并未激起整个身心的欢乐、惊喜和慵倦。她身子一仰，朝天躺了下去。他躺在她旁边，贴着她，伸过手去。她轻轻地、神经质地笑着，抓住他的手，把他的手拉开。

"这可不行。"她说道，又像开玩笑，又像当真。

她把他的手拉开，紧紧地捏在她的小手里，她的眼睛透过窝棚三角形的门框望着苹果树的枝丫，望着枝丫后边渐渐昏暗下去的暗蓝色的天空和直到此刻仍然孤零零、一眨也不眨地嵌在空中的红色的天蝎星座 α 星。这双眼睛的神情表明什么呢？他该怎么办？吻她的脖子和嘴唇？突然，她撩起黑色的短裙，急匆匆地说：

"好，快点儿吧……"

当他俩站起来的时候——米佳站起来时，因大失所望而懊恼已极——她理着鬓发，重新扎好头巾，俨然以他的亲人、他的情妇的身份，兴奋地悄声问他：

"听说您常去苏鲍季诺乡。那儿的神父出售猪崽，价钱挺便宜。是真的吗？您没听说过？"

二十八

就是这个礼拜,打礼拜三起就下雨了,到礼拜六这天,从早到晚,雨像瓢泼似的往下倒。

这天的雨常常像发狂似的倾注下来,特别的猛,特别的阴郁,整整一天,米佳不停地在果园里踯躅徘徊;整整一天,他都在痛哭流涕,有时连他自己都觉得奇怪,怎么会有这么多泪水,哭不干的。

帕拉莎到处找他,到院子里,到菩提树林荫道上呼唤他,喊他吃午饭,后来又喊他喝午茶,可他却一声也不回答。

天气很凉,空气潮湿得砭人肌骨,由于满天乌云,天色晦冥。在乌云的映衬下,水淋淋的果园内满园蓊郁的树木反而显得更加茂盛、鲜艳和明亮。不时刮来的一阵阵劲风把树上的积水卷下来,形成另一场暴雨。但是米佳什么都没看到,什么都不去注意。他那顶雪白的便帽耷拉了下来,变成深灰色,大学的制服上装脏得发黑了,高筒靴直到膝部都沾满了泥浆。他浑身水淋淋的,从外边一直湿到里边,脸上没有一丝血色,眼睛哭得又红又肿,射出一股疯狂的目光。他的模样吓人。

他一支接一支地抽着烟,在一条条满是泥泞的林荫道上徘徊踯躅。有时候,压根儿不管有路没路,就在苹果树和梨树间水汪汪的深草中,大踏步地走来走去,不时撞着果树弯曲的、疖疖疤疤的枝丫,附生在枝丫上的青灰色的苔藓已被雨水泡涨了。他在被大雨淋得发胀和发黑了的条凳上坐了一会儿,便走到谷地里,钻进窝棚,在湿漉漉的干草上,就在他和阿莲卡睡过的那个地方,躺了下来。由于寒意,由于冰冷的潮气,他那双大手发青了,嘴唇发紫了,脸像死灰一般白,凹陷的两腮上也泛出了紫色。他仰面躺在那儿,一条腿架在另一条腿上,手枕着头,两眼疯狂地盯着黑魆魆的麦秸棚顶,一大滴一大滴铁锈色的水珠从棚顶上落下来。后来,他的颧骨绷紧了,眉毛开始跳动。他猛地跳了起来,打裤子口袋里掏出一封信(信是昨夜土地测量员捎来的,那人来庄园办事,要住上好些天),这封信他已看过一百遍了,信纸已弄脏、揉皱,此刻他开始贪婪地看第一百零一遍:

"亲爱的米佳,别记我的恨,把过去的一切都忘掉吧,忘掉吧!我是个负心的、薄情的、堕落的女人,我配不上您,然而我对艺术却爱得发狂!我也拿定主意,决不反悔,我要走了——同谁一起走,您是知道的……您是敏感的人,聪明的人,您会谅解我的。我求您,别折磨自己和我啦!你别给我写信,一个字也别写,写也没用!……"

看到这里,米佳把信揉成一团,合扑到湿漉漉的干草上,发狂地咬紧牙关,抽抽噎噎地痛哭起来。这个句子中的那个"你"[1]字,写者无心,看者却有意。这个字使他忆起了他俩当初亲昵的关系,甚至使他觉得这种亲昵的关系

---

[1] 俄俗男女间以"你"相称是亲昵的表示。

已经恢复，于是他心中充满了他所负担不了的柔情——这柔情超出了人的力量所能负担的程度！然而在这个"你"字下面，却是冷酷无情的声明，如今给她写信也没用了！啊，是的，是的，他知道：写也没用！一切都结束了，永远结束了！

黄昏前，倾泻到果园中的暴雨比以前要大十倍，而且不时出人意料地打着响雷，这终于把他撵回屋去。他从头到脚挂着水，整个身子都在打寒噤，抖得上牙对不上下牙，他躲在树后向外张望，确定不会有人看到他后，才撒腿跑到自己的窗口，从窗外把窗框托起来（这是老式窗框，只有半扇窗可以启合）跳进房间，锁上房门，扑倒在床上。

天很快就黑下来了。到处——无论是屋顶上、宅第周围和果园里，都是哗哗的雨声。雨声并不一样，有两种，果园里是一种，而宅第附近的雨声因伴有雨水顺着一道道阳沟不停地泄至水塘的汩汩声和拍溅声，又是另一种。米佳昏昏沉沉地僵卧着，双重的雨声激起了他一种莫名的惊恐感，加上他的鼻息、呼出的气息和脑袋这三者所发出的滚烫的热气，使他陷于一种仿佛上了麻药的状态，他觉得自己似乎已置身于另外一个世界，在另外一幢陌生的宅第中度着另外一种迟暮，并对某桩什么事情产生了可怖的预感。

他知道也感觉到他是在自己的卧室里，由于下雨，而夜又正在降临，室内几乎是黑咕隆咚的了。而在那边，在大厅里，妈妈、阿尼雅、科斯佳、土地测量员正在围着茶桌谈天，但与此同时，他又恍惚觉得自己是在一幢不知什么人的陌生的宅第中，正在跟踪一个离他而去的年轻保姆，一种难以解释的越来越强烈的恐怖感，夹杂着情欲和对某人与某人之间的暧昧关系的预感，牢牢地控制了他。这种暧昧关系是乖戾的、卑劣的、违背人性的，但不知怎的却跟他自己也有瓜葛。一望而知，这桩事情的牵线人是那个有一张苍白的大脸蛋的婴儿。年轻的保姆向后仰着身子，把婴儿抱在手里，颠晃着他入睡。米佳赶紧去追她，追过她后，正打算回过头去看看她的脸——不会是阿莲卡吧——却出乎意料地发觉自己是在中学校里一间光线昏暗的教室里，窗玻璃上全部涂满了粉笔字。那女人站在教室五斗橱的镜子前，却看不到他——他突然成了隐身人。她只穿着一条黄色的丝衬裙，衬裙紧紧地箍住了她丰腴浑圆的大腿，脚上穿着小巧精致的高跟皮鞋和薄薄的网眼黑丝袜，若隐若现地露出腿上的肌肤。她感到甜蜜，感到羞怯，因为她知道马上会发生什么事。她已把婴儿藏到五斗橱的抽屉里，将辫子从身后甩过来，迅速地编着，两眼一边瞅着房门，一边望着镜子，镜子里映出了她施过脂粉的脸蛋、赤裸的双肩、似乳汁般白得泛蓝的小小的乳房和粉红色的乳头。房门打开了，一个穿晚礼服的绅士精神抖擞地，但又有些心虚地时时回顾着，走了进来。他的脸没有血色，胡子刮得精光，头发黑而鬈，剃得短短的。他掏出一只扁形的金烟盒，傲慢地吸起烟来。她编着辫子，怯生生地望着他，完全明白他的来意，后来，她把辫子往肩后一甩，举起了赤裸的双臂……他纡尊降贵地抱住了她的腰肢，她于是搂住了他的颈子，露出了黑乎乎的腋窝，贴到他身上，把脸埋在他胸前……

二十九

米佳醒了过来,周身冷汗,惊骇而明确地意识到他已万事俱休,世间无望和黑暗到了可怕的地步,即使在地狱中,在坟墓里也不至如此。屋里一片漆黑,窗外是喧闹的雨声和雨水的拍溅声。而这雨声和拍溅声,使他那不停地打着寒战的肉体不堪忍受(只要是声音他就受不了)。而最使他不堪忍受,最使他惊骇的,莫过于两性的那种可怕的、反常的、违背人性的苟合,可他自己似乎仅仅在片刻之前就曾伙同那个剃光胡子的绅士做这种苟合的事。从大厅里传来说话声和笑声。这些笑语声也是可怕的、反常的、违背人性的,否则为什么会对他这么疏远,为什么要让他忍受生活的粗暴、冷漠和无情……

"卡佳!"他霍地从床上坐起来,把脚伸下床,唤道。"卡佳,你怎么下得了这样的狠心!"他出声说道,深信她是听得见他的话的,她就在这里,她所以不响,不回答他,仅仅是因为她感到惭愧,她已懂得她所做的那一切造成了无法挽回的悲惨后果。"唉,算了,卡佳,反正就是那么回事。"他痛心地、温情脉脉地悄语道,很想说他愿意原谅她的一切,只要她像过去那样投入他的怀抱,以使他俩能一起获得拯救——挽救他俩在那无限美好的春的世界里所建立起来的美好的爱情,仅仅在不久以前,这爱情还似天堂一般美妙。但是,他刚刚悄声说出:"唉,算了,卡佳,反正就是那么回事!"立刻意识到,不,事情并非如此轻描淡写,恰恰相反,已经没有挽救的希望,已经毫无挽回的余地了,再也不会看到也不可能看到他曾在沙霍夫斯科耶庄园里的凉台上,在茉莉花丛中,见到过的那个奇妙的幻影了,他感到胸口一阵疼痛,泪水随即扑簌簌地流了出来。

这疼痛是那样强烈，那样椎心泣血，那样难以忍受，以致他不去想他要做的是件什么事，不去考虑这件事会产生什么后果，而只是渴望哪怕只让他有一分钟的时间摆脱这种疼痛也好，再也别待在他度过了今天这一天，并在不一会儿前还做了一场人间一切梦中最可怕、最丑恶的梦的那个世界中了。他摸索着打开床头柜的抽屉，摸到了冰冷的沉甸甸的手枪，如释重负地深深舒了口气，张大嘴巴，怀着脱离苦海的喜悦，用力扣动扳机，开了一枪。

爱情短经典：米佳的爱情

唯有深情不惧时光，让爱情经典随手可读

图书在版编目（CIP）数据

米佳的爱情 / (俄罗斯) 伊凡·亚历克塞维奇·蒲宁著; 戴骢译. -- 昆明: 云南美术出版社, 2020.9
(爱情短经典; 3)
ISBN 978-7-5489-3747-0

Ⅰ.①米… Ⅱ.①伊… ②戴… Ⅲ.①中篇小说－俄罗斯－现代②短篇小说－小说集－俄罗斯－现代 Ⅳ.①I512.45

中国版本图书馆CIP数据核字(2020)第142696号

责任编辑：梁 媛 何青亮
责任校对：赵 婧 温德辉 邓 超
产品经理：曹俊然 冯 晨

爱情短经典

米佳的爱情

(俄罗斯) 伊凡·亚历克塞维奇·蒲宁 著 戴骢 译

出版发行：云南出版集团
　　　　　云南美术出版社（昆明市环城西路609号）
制版印刷：北京盛通印刷股份有限公司
开　　本：787mm×1092mm　1/32
字　　数：120千字
印　　张：4.5
印　　数：1-6,000
版　　次：2020年9月第1版
印　　次：2020年9月第1次印刷
书　　号：ISBN 978-7-5489-3747-0
定　　价：138.00元（全7册）

如发现印装质量问题，影响阅读，请联系 021-64386496 调换